渐渐接近黎明

读者杂志社 编

读者出版社

图书在版编目（CIP）数据

独自迎接黎明 / 读者杂志社编. -- 兰州：读者出版社，2024.12. -- ISBN 978-7-5527-0846-2

Ⅰ. I267

中国国家版本馆CIP数据核字第2024BK8309号

独自迎接黎明
读者杂志社　编

总　策　划	宁　恢　　王先孟
策划编辑	姚宏霞　　张　妍
责任编辑	尹　莲
封面设计	王雯静
版式设计	张　林

出版发行	读者出版社
地　　址	兰州市城关区读者大道568号（730030）
邮　　箱	readerpress@163.com
电　　话	0931-2131529（编辑部）　0931-2131507（发行部）
印　　刷	天津鸿彬印刷有限公司
规　　格	开本 710毫米×1000毫米　1/16 印张 13.5　字数 206千
版　　次	2024年12月第1版 2024年12月第1次印刷
书　　号	ISBN 978-7-5527-0846-2
定　　价	59.80元

如发现印装质量问题，影响阅读，请与出版社联系调换。

本书所有内容经作者同意授权，并可使用。
未经同意，不得以任何形式复制。

目录

第 1 章 闪闪发光的你

气场是个什么东西 / 皮克·菲尔　　　　　　　　　　002

你像士兵还是侦察兵 / 沃伦·贝格尔　　　　　　　　004

你是"差不多先生"吗 / 采　铜　　　　　　　　　　006

最有价值球员还是进步最快球员 / 沈文才　　　　　　009

你能做哪些工作 / 孙道荣　　　　　　　　　　　　　011

不完美？OK！/ 王文华　　　　　　　　　　　　　　013

你不需要努力去做别人 / 谢　伟　　　　　　　　　　016

突破你的思维局限 / 松下幸之助　　　　　　　　　　020

心有定力 / 凸　凹　　　　　　　　　　　　　　　　022

向日葵族群的 18 个典型特征 / 文　祎　　　　　　　 023

人生切割术 / 白简简　　　　　　　　　　　　　　　029

敢于蜕掉旧皮肤 / 奥赞·瓦罗尔　　　　　　　　　　031

如何让目标不再半途而废 / 李睿秋 Lachel　　　　　 033

第 2 章 良言相伴终生

职场寓言 5 则 / 佚　名　　　　　　　　　　　　　　038

心累型职业和心流型职业 / 何　帆　　　　　　　　　043

先做收入最高的工作 / 万维钢　　　　　　　　　　　045

做一个善良的否定者 / 罗振宇　　　　　　　　　　　046

职场善意有回报 / 安德鲁·斯威南德　　　　　　　　　　047

不要让人看出你的强势 / 脱不花　　　　　　　　　　　051

隐藏睿智 / 天　舒　　　　　　　　　　　　　　　　　053

向上管理 / XLU　　　　　　　　　　　　　　　　　　054

把上司当作必备的良药 / 枡野俊明　　　　　　　　　　059

靠山靠水靠自己 / 沈岳明　　　　　　　　　　　　　　061

遇到困境，大力开门 / 盖伊·温奇　　　　　　　　　　063

祖鲁人法则 / 刘诚龙　　　　　　　　　　　　　　　　064

让桌面保持整洁 / 美崎荣一郎　　　　　　　　　　　　066

全身心投入 / 松下幸之助　　　　　　　　　　　　　　068

即答力 / 松浦弥太郎　　　　　　　　　　　　　　　　069

珍惜三五人 / 冯　唐　　　　　　　　　　　　　　　　071

低球技巧（外一篇）/ 神冈真司　　　　　　　　　　　073

轻松无法成为坚持到底的动力 / 鹤田丰和　　　　　　　076

人生缓冲区 / 梁永安　　　　　　　　　　　　　　　　077

警惕：23种榨干时间和精力的生命水蛭 / 罗伯特·帕利亚里尼　　078

第3章　你并不在孤岛

孙悟空为何需要神仙相助 / 陈思呈　　　　　　　　　　084

借力，也是一种能力 / 崔　璀　　　　　　　　　　　　087

越孤独，越离群 / 米　哈　　　　　　　　　　　　　　090

职场"塑料友谊" / 青　丝　　　　　　　　　　　　　　092

我们应该和什么样的人交朋友 / 吴　军　　　　　　　　094

温暖的谢幕 / 二向箔　　　　　　　　　　　　　　　　098

生态位法则 / 采　铜　　　　　　　　　　　　　　　100
"同用一个碗"原则 / 沈文才　　　　　　　　　　104
职场空窗期 / 施　歌　林诗荷　　　　　　　　　106
弃北大读技校，周浩的十年历程 / 黄哲敏　　　110
海绵青年 / 庄雅婷　　　　　　　　　　　　　　116
忘记边界 / 九　边　　　　　　　　　　　　　　118
无效的努力 / 张　璐　　　　　　　　　　　　　121
体育生、数学生和艺术生 / 刘　润　　　　　　122

第 4 章　成败只隔一线

解除"沙发锁定" / 斯科特·亚当斯　　　　　　128
低微的地位有"毒性" / 特丽·阿普特　　　　　130
谢谢你的时间 / 刘　戈　　　　　　　　　　　　134
做大池塘里的小鱼还是小池塘里的大鱼 / 倪考梦　137
助你成功的10个职场定律 / 王志成　　　　　　141
书本智慧与街头智慧 / 所长林超　　　　　　　145
大事看概率 / 刘　润　　　　　　　　　　　　　150
纵身一跃 / 刘荒田　　　　　　　　　　　　　　153
人生有标准答案 / 宋贞渊　　　　　　　　　　　155
坚持等待的人（外一篇）/ 岑　嵘　　　　　　　157
主动的意义 / 艾萨·贝斯克　　　　　　　　　　161
明明胜券在握 / 苏　岑　　　　　　　　　　　　163
惊奇元素——好故事的秘诀 / 李南南　　　　　　165
用表达公式掌控整场面试 / 程　驿　　　　　　　167

第 5 章 迎接你的黎明

职场"鳗鱼人" / 岑　嵘　　　　　　　　　　　172
认真对待职场的起点 / 叶　翔　　　　　　　　174
如何通过 OpenAI 的面试 / 李南南　达　珍　　177
期权和现金，孰轻孰重 / 崔　璀　　　　　　　181
追求常量，接受变量 / 良　大　　　　　　　　183
择人瓶子论 / 刘　润　　　　　　　　　　　　186
"螺丝钉"，还是"万金油" / 古　典　　　　　188
深度和广度，哪个更重要 / 丽莎·麦克劳德　　191
策略性诱导 / J.C. 卡尔森　　　　　　　　　　193
如何找到你最想干的事，还能赚钱 / 何　帆　　195
为什么你挣得比别人少（外一篇） / 崔　鹏　　199
为什么青年才俊总有机会 / 罗振宇　　　　　　203
想转行，怎样应对变数 / 林　彤　　　　　　　207

第 1 章　闪闪发光的你

气场是个什么东西

〔美〕皮克·菲尔　　章　岩 译

每个人都有独特的气场

或许是1960年，也可能更早或稍晚一些，我还不到10岁的时候，就跟随父亲去参加一场有很多好莱坞电影明星到场的豪华酒会。那是一个摩登时代，到处都是奢华的装饰品、漂亮的女明星，还有衣冠楚楚的商人和政客，与会者均是财富与权力的宠儿。然而当一个女人登场时，所有刚才还是富丽堂皇的一切都变得黯然无光。她光芒四射，每个人都被她吸引了，目光停留在她的身上无法离开，并且情不自禁地向她走过去，希望跟她握手，与她交谈，甚至被她看一眼也深感荣幸。

很久之后我才知道她的名字：玛丽莲·梦露，一个不论出现在哪里都立刻会吸引所有人注意的女人！她夺去所有人的目光，集万千宠爱于一身。如果还有人问我气场是什么，我想这就是最好的答案，还需要再给它增添华美的饰品吗？它就是一个人头顶的光环，就像玛丽莲·梦露给人们的印象一样。

全世界只有一个玛丽莲·梦露，但我们每个人都有能力和机会像她那样光彩照人，因为我们都拥有这样的潜力。

臣服于你内心的渴望

一个不可否认的事实是：优秀的人都具有天然磁场，而你距离它只有一步之遥。

也许你正羡慕身边的那些交际明星、职场红人，他们活跃极了，春风得意，上司欣赏他，客户喜欢他，同事佩服他，要什么有什么，不管做何事都能轻而易举地成功。

"嗨，你也可以的。"可能内心会有一个声音这样说。

但你的本能马上回答："不，我怎么可以呢？你看他那么自信，那么有能力，简直无所不能！我太渺小了！"

如果你一辈子都这么想，那你这一生都将活在羡慕和自卑互相纠结的情绪当中，你的气场就是灰色的，让你走霉运的。而那些人正好相反，他们占尽了便宜，红得发紫，火得发烫。

原因是什么？因为你不渴望，不想象，没有勇气做出改变。灰色的气场在决定你的境遇。

一个人在他幼年的时候，气场就开始逐渐形成。

漂亮可爱的婴儿就在你面前，看，他的身上全是对成长的渴望，一切都为了成长，他一定会长大的！

你本身的渴望和存储的力量决定着你的未来，为你指明了方向，驱动你朝人生的"太阳"执著地前进。但很少有人知道另一个同等重要的法则，那就是臣服法则。你只有放弃旧的思维，改变行为模式，彻底臣服于内心正确的东西，调动全身积极的力量，才可为你的能量提供足够的空间，来吸引内心的愿望，向着一个最终的目标前进。

亲爱的朋友，你要记住，这样的状态往往源于你自身的改变，而不是命运的安排！

你像士兵还是侦察兵

〔英〕沃伦·贝格尔　　史建明　史晗琪　译

　　士兵的思维方式与侦察兵的完全不同。士兵的工作是防御敌人，而侦察兵的工作是探索和发现，这两种截然不同的态度也适用于我们在日常生活中对信息和想法的处理。侦察兵的思考方式根植于好奇心。他们在获取新的信息或解决一个难题时，会感到快乐；他们在遇到与自己的预期相悖的事情时，更有可能感到好奇。

　　换句话说，侦察兵有"智力谦逊"。智力谦逊被定义为"一种对新思想开放的状态"。比起取得高分，知道正确答案和不犯错误这种"老式智慧"，谦逊是一种"新式智慧"，是以人不断适应的能力来衡量的。要做到这一点，我们必须有开放的心态，把自己的信念当作假设，让它不断接受检验，进行修正。

　　风险投资家克里斯托弗·施罗德用一个问题来提醒自己保持开放的心态：我更愿意作对，还是更愿意理解？他说："如果你坚持自己是对的，你就会把自己锁在回音室里，这会导致你做出错误的决定。"另一位风险投资家用类似的问题来评估候选人：这个人是宁愿正确还是宁愿成功？而他倾向于把钱投给后者。因为他发现，成功的企业家更愿意接受反馈，并愿意被证明是错误的，因此，他们能够学习、适应，继而改进自己的想法或提议。

"必须正确"不仅能影响业务决策,在人际关系中,它也会让争论和争执持续很久。发现自己在某件事情上错了,不用总是感到羞愧,或许这是一种智力开放和长大的标志。

逆风飞翔

你是"差不多先生"吗

采 铜

把一件事情做到极致

国画大家齐白石先生的成才经历能给我们很多启发。齐白石出生于1864年,湖南湘潭人。他的家庭并不富裕,所以他16岁就开始拜师学习雕花木工。齐白石的木工师父手艺很好,他又认真好学,所以他的手艺越来越好。由于经常跟着师父在外面做活,渐渐地,他在当地有了些名气。

齐白石学手艺不仅勤动手,更善动脑。他发现师父雕的花翻来覆去就那几个固定的样式,什么"麒麟送子""状元及第",没什么新意,于是就搞了些创新,把国画里的一些元素,如虫草、花鸟等,迁移到木雕里。起初只是试探,没想到雕出来的新品颇受大家欢迎。

这种经历让他对国画有了强烈的兴趣,但没有人教他画,而他能看到的国画画册也是比较初级的,所以一直无法真正入门学画。

直到20岁的一天,齐白石在一个主顾家里干活时,发现了一套《芥子园画谱》。《芥子园画谱》是一套非常经典的国画教科书。一个想学画的人看到一套画谱,就如同一个想学武的人看到了一套武功秘籍。可是这套书是别人的,在当时又很稀少珍贵,他只能向书主借来,用薄竹纸覆在书页上，描红一般照着原画一笔一笔勾描。他就这样勾画了足有半年，画了16册，才悉数描完。

接下来的5年，齐白石靠这套勾描出来的《芥子园画谱》做木雕，闲时也反反复复临摹，勤学苦练，他画画的底子就这么打了下来。后来齐白石的画在当地出了名，引来名画家收他为徒。接受了专业指导后，齐白石画技更上一层楼，终成一代国画大家。

发现一本好书，花半年时间抄下来，又花几年时间学这一本书，这是在信息匮乏的时代背景下，一个求学若渴的年轻人所做的事。而在今天，有几个人能做到？

"手机艺人"

一部智能手机在手，我们的时间就被分割得七零八落；每天各式各样的信息如潮水般涌来，让我们无所适从，不知如何选择；我们的耐心越来越少，我们总是被标题吸引，打开正文后匆匆看两眼又马上关掉；每天更新的网络热点，当时看得热闹，到第二天就会忘得一干二净；我们幻想在一篇网文中寻找到"干货"，希望发家致富、人生辉煌的不传之秘能被列成要点，和盘托出，没想到只是又一次被骗了点击；我们总是在找更多的资源，搜索、下载、囤积，然后闲置，错把硬盘当成自己的大脑……如果说齐白石的故事是一个"信息匮乏时代的手艺人的故事"，那么这就是"信息过剩时代的'手机艺人'——我们的故事"。

齐白石先生的这种专注和一丝不苟，想必现在少有人能企及。胡适先生写过一篇趣文，叫《差不多先生传》，文章里虚构了一个叫"差不多先生"的人物。这位先生有一句名言："凡事只要差不多就好了，何必太精明呢？"在我们很多人身上，都有这位"差不多先生"的影子。

不苟且

历史学家罗尔纲年轻时曾担任胡适先生的助理,受胡适言传身教颇多。他回忆说,胡适先生最令他受益的教诲就是三个字:不苟且。

什么是"不苟且"呢?胡适说,不苟且就是"狷介"。胡适认为,"狷介"不仅是一种德行,也是一种做学问的品格,也就是"一丝一毫不草率、不苟且的工作习惯"。罗尔纲早年受这种"不苟且"精神的熏陶,在自己的学习和研究中一以贯之地践行,最终成为一位著名的历史学家。

年轻人容易犯的毛病是:热情有余,少了一些冷静踏实;急于求成,少了一些耐心细致。如果能早一些明白"不苟且"的重要性并躬身践行、一以贯之,人生之路可能会好走很多,个人的才能也更容易培育和施展。

管理学大师彼得·德鲁克晚年回顾自己的人生,从经历中总结出7条人生经验,其中第一条是"追求完美"。18岁的时候,他每个星期都会去歌剧院看一场歌剧演出。有一次他观看由意大利音乐家威尔第创作的歌剧《法斯塔夫》时,被深深震撼,随后他查阅资料,发现这部伟大的作品竟然是威尔第在80岁时创作的。

80岁的威尔第早已经功成名就、享誉天下,为什么还要辛辛苦苦地创作一部歌剧呢?威尔第在一篇自述文章中是这样写道:"身为音乐家,我一辈子都在追求完美,可完美总是躲着我。所以,我有责任一次次地尝试下去。"

这番话给年轻的德鲁克很大的触动,甚至成为他一生行事的准则。所以直到90岁时,已经著作等身的他还在辛勤工作,写出了思考未来管理问题的《21世纪的管理挑战》一书。

最有价值球员还是进步最快球员

〔新加坡〕沈文才　马　艳 译

拥有出色的沟通技巧，不一定就能影响周围的人。有时，你只有先与自己好好沟通，才能有效地与他人沟通。

2011年，我从一家大型银行辞职，成为一家顶级国际投资银行香港分部的董事总经理。我的职务级别上了一个台阶，更重要的是，我的工作环境发生了巨大的变化。尽管我坚信自己有能力应付，却还是有了力不从心的感觉。我所在的部门有相当多的人背景优越，他们要么来自富裕家庭，要么毕业于全球知名大学，或者兼而有之。而我，毕业于新加坡的一所大学，是卖虾面的小贩的儿子。

我手下一位分析师先后毕业于耶鲁大学和北京大学，能流利地使用3种语言，做起事来既娴熟又专业。

在之前的银行职业生涯中，我没遇到过几个这样的人。我在银行的金融市场部工作时，许多同事是本地大学的毕业生。在负责企业客户业务时，我的主要服务对象是本地企业。投资银行对我来说是一个全新的领域，我要会见更大规模企业的总裁，所以我有时会感到不知所措。

我在投资银行工作的第一年，在另一家银行工作的朋友黄书祥开始为我介绍他在当地的人际关系资源。"你得听听沈文才的经历！"他会这么向别人介绍我，然后大致说一遍我如何从底层开始，一步步成长为顶级投行的董事总经理。对他来说，这是一个很励志的故事。听了几次黄书祥这样的介绍，我开始想："我的故事真的很有趣吗？不丢脸吗？"当我最终明白黄书祥说得没错时，我便接受了自己的成长背景——尽管现在我的身边全是优秀人才。黄书祥无意中让我改变了自我认知。

我以前的那点自卑感是错误的自我定位引起的。用体育界的话说，我总是希望成为所在领域的"最有价值球员"（MVP）。然而，我的成长和教育背景决定了这个目标几乎不可能实现，因为我的竞争对手是那些拥有优越背景的同事，他们拥有更广泛、更深入的潜在目标客户。于是，我决定改变自己的目标，我要成为一名"进步最快的球员"（MIP）——一个越来越出色的银行家。这是我能够实现的目标。

转变思维方式后，我意识到大多数优秀人才要么对我的职业晋升经历感兴趣，要么根本不在乎我的家庭背景，只要工作出色就好。我做出一点小小的改变，调整了自我认知，我的态度和行为也发生了变化，我变得很愿意分享我的失败，也愿意告诉别人我童年和青年时期一些起起伏伏的经历。

这些经历和故事，又给我的大学讲师和专栏作家的新职业身份提供了素材，让我得以与更多人分享心得。更真实地与自己沟通，让我现在能够更自如地与不同的人对话。

无论你出身如何，只要能在职业生涯中不断进取就好。如果你像当初的我一样感到自卑，可能只是代表你需要转变思路。毕竟，最重要的故事是你对自己讲的那个。

你能做哪些工作

孙道荣

大学毕业后,累计求职失败2000次,被戏称为"职场阿甘"的美国青年丹尼尔·谢迪克,从2008年8月份开始,实施一项不可思议的计划——"50周内走遍50个州,做50份不同工作",以帮助那些和自己一样求职无门的年轻人积累"职场经验"。半年过去了,丹尼尔已经走过30个州,获得了30份工作。他的看起来像天方夜谭般的计划,正在一步步变为触手可及的现实。

在过去的30周,他都获得过哪些工作?

第一份工作,犹他州的教堂服务人员。

第二份工作,科罗拉多州的水文地质研究员。

第三份工作,南达科他州的斗牛场广播员。

此后,他陆续获得的工作分别是:医药设备制造工、玉米协会农民、商店店长、伐木工人、考古研究员、气象预报员、园林设计师、马夫,还有边境巡查员、奶酪工人、锅炉工……岗位五花八门,白领的,蓝领的;脑力的,体力的;粗活,细活;城里的,乡下的。总之,只要是工作,只要有岗位,他都尽力争取,用心尝试。有的工作,我们甚至听都没听说过,比如婚礼调度人员。他自己最感兴趣的工作,是在佛蒙特州的卡博特枫山做制糖工人，那里是美国最大的枫树蜜产地。他做的第一件事情是清洗枫树蜜储存罐，罐子很大，于是，他跳进罐里去清洗。可当他进入罐子时，却发现脚根本触不到底，他被卡在罐口了！事后他回忆说，那真是尴尬而奇妙的感受。而制糖厂的工作给他最大的惊喜是，那里的气味特别好闻，糖的气味让他上瘾、着迷。他说这些时，看不到一点愁苦和哀怨，而是充满甜蜜的回忆。

难以想象，一个人可以在很短的时间内，找到并做好这么多工作，要知道，这些工作多么截然不同：马夫和考古研究员，奶酪工和气象预报员，玉米协会的农民和边境巡查员，这之间的差距该有多么巨大？而丹尼尔大学时学的专业是经济学，看起来与这些工作基本不相干。

不过，这30个完全不同类型的工种，却有一个相同的特点，那就是，它们都是岗位，都是工作，是别人正在做的，或者虚位等待着你的工作。丹尼尔的这项计划之所以能够如此成功地实施，很重要的一个原因是，他对工作从不挑剔，什么都愿意尝试。

我忽然好奇地想，丹尼尔已经做过的这30项工作，如果换成我，哪些是我可能做的，哪些是我愿意做的，哪些又是我做得了的？哪些是我放得下架子去做的，哪些是我吃得了那份苦的，哪些又是我想都不敢想、看都懒得看、理都不想理的？

说实话，我愿意而且能够选择的，不多。那么，如果换成正在或者将要寻求工作的你呢？

计划实施过半的丹尼尔，已经得到了回报：10位"前老板"表示愿意录用他为正式员工。丹尼尔对那些正在试图寻找工作的同龄人说："不要害怕承担责任和尝试新事物，胸怀越广阔，你获得工作的机会也就越多。"

在抱怨一职难求的时候，也许我们首先应该问一声自己：你愿意做哪些工作？你能够做哪些工作？

不完美？OK！

王文华

在近乎完美的斯坦福，我学到最宝贵的一课是："不完美是 OK 的！"我们那届 358 位同学，来自世界各地的不同行业。他们惟一的共同点，是在进斯坦福之前，都习惯做佼佼者，有些甚至当了一辈子的第一名。这样的名声，以及随之而来的自我期许，让他们成为无可救药的完美主义者。而完美主义，是他们在斯坦福的痛苦根源。

斯坦福鼓励同学合作、避免恶性竞争，因此同学的成绩不对其他同学或来校征才的公司公布。但三百多人在一起，成绩自有高低。对于一向都是第一名的人，突然要接受他排在三百多人的末尾，纵使别人不知道，自己也会极度痛苦。我跟很多同学在不同程度上都经过这种心理震撼，不论在课业、求职、社交上，一向成功的我们，突然发现：Oh, my God！我已经不完美了！

在顶尖的组织，保持完美的确很难。以《从 A 到 A+》作者柯林斯所教的"创业"课程为例，他规定上课前要读的案例、讲义、教科书章节，每次都有一百多页。其他课程的要求也一样严厉。如果你在学期中还到处与企业面谈找工作，真的很难彻底地准备每一堂课。

在斯坦福，上课前没读过案例是最大的罪过。"犯罪人"的特征是低着头坐在教室角落，把桌上的名牌压低，希望老师不要点他们发言。这对一辈子抬头挺胸的精英来说，谈何容易？

我也曾是那低头的罪人之一。但我和其他低头的，以及某些抬头的，甚至某些老师，慢慢地体会到：It's OK. 我们不需要事事完美，不需要永远做第一。这并不是阿Q精神，为失败找借口。这比较像联考时碰到不会的题目先跳过去，最后没时间写的题目用猜解决。如果完美是不可能的，或是因为完美我们必须变得很不快乐，那么天杀的，我们接受，甚至拥抱不完美。

毕竟，什么是"完美"呢？我看到某些"完美"的同学，为了继续维持人生中第一名的纪录，认真地准备老师要求的每一份讲义，因此错过了星期三下午和同学喝啤酒交谊的时间。他们最后的确得了第一名，毕业时上台领奖状。但他们在台上看起来好苍白，因为这两年中他们没有好好享受过加州阳光。

至于"自暴自弃"的我们，生存的方法是设定优先顺序。如果我已经知道没办法读完五篇讲义，那么我选择精读最重要的案例，其他四篇浏览一下就好。第一次这样做，当然有很强的失落感，觉得自己堕落了。慢慢地，我试图从这样不完美的模式中，学到最多的东西。

完美主义者的人生态度，是全有或全无。他不能忍受拥有的东西有任何瑕疵。然而当我毕业，进入业界，开始带人，承担责任，我发现：真正的企业是不容许领导者抱着全有或全无的洁癖的。真正好的领导人，在股东权益和良心道德的底线前，日复一日、夜复一夜，放下架子，耐心地协调和妥协。他的成绩也许不像完美主义者那样容易被媒体注意，但他的成果却一点一滴被员工和股东感激。

这些年不断追求完美，到头来我才发现当完美主义者是容易的。因为他只要低头硬干，不需要用到任何判断和创意。在不完美的状态下奋斗才是完美的，因为每天都是一局新棋，他必须瞻前顾后，亦步亦趋。

聪明人最大的毛病，是嫌弃比他笨的人。完美主义者的另一项缺点，是他要求身旁每一个人也要完美。多少有天才老板的公司，员工的士气是最低的！因为不管员工再怎么努力，换来的还是老板的批评。最后老板事必躬亲，自己累死，也害了整个公司。

职场中大部分的人都很上进。我们的问题从来不是不努力，不认真，标准太低。我们的问题是不管对人对己，都太努力，太认真，太要求完美！斯坦福毕业十年，我仍摆脱不了这个魔咒。但我时时提醒自己：Relax，你已经毕业了，没有人再在乎你的名次。你可以失败，可以搞砸，可以给自己和别人一点空间。你可以偶尔做一次倒数第一名，也没有什么大不了！

拒绝"蕉绿"

你不需要努力去做别人

谢 伟

如果有这样一份工作，你愿不愿意做呢？这是一份志愿工作，对社会帮助很大，但是这份工作需要经常性地到各地出差并在户外作业，有一定危险性。由于工作性质特别，工作内容不能让女友知道。最让人难以忍受的是，工作时永远只能穿一件小号制服，还不能更换。

现在你可以先把自己的回答勾选出来：非常愿意、比较愿意、无所谓、不太愿意、绝不愿意，然后继续往下读。

首先来一起分析一个学生的求职经历：

前不久刘帅参加了一次特别的人才遴选，其中一个环节是"无领导小组讨论"，8～10人一个小组，对一个比较有争议的问题展开自由讨论，最后达成一致，并选派一名发言人汇报小组观点。因为不事先指定主持人，所以被称为"无领导"。在讨论过程中，外圈会有3～4名专家进行观察评分。这种评估方式可以很好地分析一个人的人际互动风格与能力。

刘帅最后被淘汰了，虽然他的智能素质、毅力等品质都非常好，但他的领导能力和组织协调能力只得了60分（满分100分）。这是一个遴选具有优秀导演潜质学生的项目，而作为一名优秀的导演，其组织协调能力与领导能力是非常重要的。

面对自己的评估结果，刘帅给评估专家提出这样的反馈："在无领导讨论中我知道自己表现不出色。因为讨论的领域是我不熟悉的，所以我一直不敢妄下结论，也一直没有什么有力的证据支撑自己的观点。而且我觉得倾听和思考更重要，因为从别人的观点中可以找到自己不足的地方，加以补充和完善。所以，我更多地在倾听和思考。说实话，很多次我想开口，但最终被一阵一阵高于我的声音给压下去了……还想请教一下，我应该怎样在倾听和发表意见中寻求平衡？"

那么，你如何给刘帅建议呢？是让他做真实的自己，还是做一个可以取得高分但并不真实的自己呢？

沿着这样的问题再深入一下：你是要去寻找一个适合的工作领域，还是随时改变自己以适应工作环境？人是否具有进行无限改变的潜力呢？

心理测评专家喜欢用一个比喻：如果你要教一只猴子上树，只要踢它一脚即可，而你要教一头大象上树则需要从它小时候开始，并不断强化其潜意识，让它相信自己会上树，就像让闪电狗以为自己可以霹雳吼一样，然后天天练习，最后一辈子也许就学会一个蹩脚的上树技巧。

对于刘帅，我觉得显而易见的答案就是：一个人不需要努力去做"别人"，所以并不存在那个"平衡"。

也许自诩为伯乐的人会指点刘帅：你一定要主动表现自己，争取多发言，积极一点。也许如此一来他能得高分，但他也将进入一个职业生涯的无间道——只有通过不断地说服，才能忍受环境要求与天性的不统一性。

有一项调查表明，求职者普遍有"被歧视感"。其实正是因为求职者一方面对自己"适应环境"的潜力高估了，另一方面对环境的了解有些自以为是。

关于开篇提到的那个职业，不知你的选项是什么，也不知你是如何做出这个选择的。你到底喜欢或者不喜欢这个职业里的什么？这与"真正的自己"是否一致？现在，如果我告诉你这个职业就是"超人"，你有什么感觉？你还会保持原有的选择吗？如果你要改变选项，这说明你对自己，或者对这个职业认识不足，你陷入了信息不对称并"自以为是"的迷雾里。

因此，我们需要对自己有一个清楚的分析与定位，否则时刻以社会热点为自己的指南针，并相信自己可以被改造成所有可能的人才，最后的结局也许是老了才感慨自己"入错行"了。

但是，对自己的了解绝对不是坐在那里就可以搞定的。

如同刘帅，也许他以往的自信足以让他相信：自己如果有机会，一定会发挥足够的组织协调能力与领导能力。因此，自我了解需要在实践中进行。

有个学生如此践行：带着父母对未来热点的预估和对未来做金领的梦想，黄琳考上了一所名校的电子系。上了几个月的课后，她感觉自己如果沿着这样的专业路径走下去，未来不堪"瞻望"。幸运的是，黄琳没有自信到以为"什么兴趣都可以培养"，当然她也没有失望到无所作为。相反，她开始忙于听其他院系的课程。最后她锁定了心理学。未来的三年多时间，她俨然成了心理学专业的学生，当然她保证自己的电子专业课程及格。到了大四，她已经拿到许多心理学专业的学分，并且认识了一些心理学系的老师，甚至参与了一个老师的研究课题。最后，她顺利地考上了心理学专业的研究生。

带着这种探索的喜悦，黄琳继续探索。3年研究生期间，她努力研读国外文献，争取发表英文论文，努力参加国际性心理学会议———这种目标感与执著，使她得到许多机会。研究生毕业，她自信而平和地申请出国读书，而且只投出一份申请。她没有意外地得到全额奖学金。你能否接着预测黄琳的未来？其实没有人知道她的未来，但无论如何，相信她会走自己喜欢的路。

曾经有位著名的导演说：天道有时惩勤——你辛辛苦苦往上爬一架梯子，然而多年以后等你爬到顶端，才发现原来梯子搭错了墙。如果你还是一个学生，那么你也许现在就需要多一些实践，在实践中进一步了解自己，了解自己喜欢的环境是什么。

理论上讲，有的人喜欢与人打交道，有的人喜欢与物打交道；有的人喜欢数据，有的人喜欢谈观念；有些人需要机会垂青，有些人则特别善于创造机会……但无论如何，发现这种"型"是需要在实践中进行的。

如果你已经在职场混迹多年，却持续郁闷，也许你需要在业余时间对自己进行一些投资——找一些机会去实验、实践"真正的自己"。要知道，生命的长度并不重要，重要的是生命的质量。而只有做你真正感兴趣的事，才能使生命更值得回忆。"超人"也许永远不是你所理解的样子，你只有做做看才知道并知晓其与"真正的自己"匹配与否。

春风十里不如你

突破你的思维局限

〔日〕松下幸之助　黄悦生　译

　　我每隔十天半个月就会抽空去一趟理发店，因为东京某家理发店的老板曾对我说："您的形象关系到公司门面。所以，头发要经常修剪。"

　　我觉得他的话很有道理，因此就算工作再忙，我也一直保持着勤理发的习惯。

　　有一天，这个理发店的老板又说："做买卖，服务很重要。"那天，他用了一小时十分钟给我理发，而平常他只用一小时——他多为我服务了十分钟。以前，很多手艺人认为，这是认真服务的表现。

　　排在我后边的顾客称赞说："老板，你还真是热心周到啊。一会儿给我理发的时候也多费点儿心啊。"

　　但是，我认为，在重视效率、珍惜时间的现代社会，这并不是真正的好服务。于是，我对老板说："你想努力为顾客提供好的服务，这份心意值得肯定。不过，如果因此让顾客多花十分钟，便算不上好的服务。相反，如果能让顾客少花十分钟，同时又不降低服务质量，这才是最佳服务吧。"

　　花的时间越多，就越能把事情做好，这是普遍的认知，当然也不是没有道理，正所谓"慢工出细活"嘛。如果能又快又好地完成，为什么还要多花时间呢？对理发这样的服务行业来说，更应该时时为顾客着想，而不是把"多花时间"等同于"优质服务"。

前不久，我又去了那家理发店。这一次，老板用了五十分钟就帮我打理得妥妥帖帖的。

类似的事情在如今的职场上也是很常见的。比如，有些员工看似一天到晚很忙碌，而且常常加班，但总是出不了成绩。无论是对公司，还是对员工本人来说，这都是一件令人沮丧的事。然而，我们也会遇到一些领导反而表扬这类员工的情形，因为很多人习惯性地把"多花时间"等同于"努力奋斗"。

我还是电工的时候，遇到过一个干活很麻利的同事。别人花三个小时才能完成的事，他常常用两个小时就全部搞定。我非常佩服他，偶尔也会向他请教安装电线的窍门之类的。

一天，这个做事利索的同事又早早地回到公司。另一名年纪稍大点儿的老同事私底下对我说："千万别学那个人，他干的活儿都很粗糙，常常要返工。"我很诧异，因为我从他那里学到的小窍门确实很好用，而且也没见他收到过要求返工之类的投诉。老同事又说："你想啊，铺电线、装电灯是很需要耐心和细心的，我都干了十几年了，很清楚什么样的活儿要花多少时间。他怎么可能比别人快那么多？我敢保证，他绝对在偷懒敷衍。"

老同事一口一个"保证""绝对"，令我非常不解。他为什么就不能相信，那个同事在电工方面有天赋呢？难道必须和周围的人保持步调一致，才是认真干活吗？

通过这件事，我开始留意自己是否也会出现这样的思维局限。

心有定力

凸 凹

人们评价一个人，往往看他本身之外的东西。如蒙田所说，人们买剑，往往不看剑锋是否锐利，而看剑鞘是否华丽。这个"剑鞘"之于人，即财富的多寡、地位的高低、衣冠的明暗、交游的广狭。

别人的评论，都是建立在他们自己的价值取向上的，实在不足为据。如果别人的一番评论就改变了你的价值取向，只能说明你从来就没有确立属于自己的价值体系。所以，不要太在意别人的评论，重要的是学会强身固本。曾有人说，心随境转是凡人，境随心转是圣贤。我们即便做不得圣贤，最起码也要做心有定力的人。

据钱穆的妻子胡美琦回忆，钱穆喜围棋，但从不喜与人对弈，他嫌那样劳神费力，所以更喜欢自己独自摆棋。每当胡美琦心情不好的时候，钱穆就会说，我为你摆盘棋吧，让你看到其中的乐趣。

胡美琦说，钱穆让她感到，人生也如摆棋，用不着与人比短长、争输赢，即便只面对自我，也能自得其乐。这让我想起英国诗人兰德的诗句："我和谁都不争，和谁争我都不屑。"

所以，人要活得自得、自适，就得有这种"不屑"的精神，不能一味"随和""谦卑"，也应该有所轻蔑，有一点傲骨。

向日葵族群的18个典型特征

文 祎

善于发现微小幸福

加班晚归的某天,街上正好响着一首喜欢的歌曲,于是停下匆忙的脚步,将歌听完,辛苦与疲惫融化在温柔的吟唱里;某个雨天,躲在家里看了一部好电影,猫咪摩挲着自己的皮肤,雨停以后,看见窗外的芭蕉被雨水洗得发亮……在向日葵族的概念里,敏感与细腻不完全代表着多愁善感,对微小快乐的敏感其实是幸福的来源之一。并不是每个人的生活都能比戏剧更精彩,蕴藏在平淡里的小幸福才更值得珍惜。

没有太大野心

就算不挂在嘴边,"知足常乐"也一定是他们信奉的座右铭之一。他们相信欲望越少,越容易快乐。无法掌控的事情,带来的压力只能选择承受;可以掌控的事情,他们往往不会主动给自己增加压力。也许在外人看来,他们并没有太多远大理想,不过这也正是他们快乐的原因。对于职场规划,他们不会给自己订下30岁时要拥有多少存款、坐上什么职位、在什么规模的公司工作之类具体的目标。

对负面情绪的钝感力

悲观、抑郁、烦躁、焦虑、生闷气……这些工作、生活中常常出现的负面情绪不容易感染他们，"没心没肺"说的就是这群人，哪怕听到同事在背后刻薄地说"她升职不过是因为跟老板玩暧昧"，心情依然不受任何影响。问心无愧就会觉得坦荡，当站到一定高度，那些吐向自己的口水最终会落到造谣者本人的头上。

适当放低生活标准

不会顽固地迷恋大品牌，喜欢轻松随意的着装，偏好素面朝天，对物质生活的要求适可而止。一味地追求物质享受付出的脑力、体力在他们看来得不偿失，化上精致晚妆去参加一个盛大派对，远远不及跟恋人或者对味的朋友喝点小酒、聊聊八卦有意思。

容易发现事物好的一面

坚信在很多事情上换个角度，会带给自己完全不同的心境。即便是别人眼中的烦心事，也会被他们看出光彩的一面。早晨起来从郊区赶往公司，没有私家车的生活，并不会让他们觉得一个小时的公车路途很难熬。一路都可以看到从大学城上车的养眼的漂亮女生，眼前晃动的青春容颜和轻柔的笑靥，相比之下，塞车的烦恼是多么微不足道。

选择喜欢的职业

对他们来说，职业带来的不仅仅是金钱，愉悦感是比金钱更重要的选择职业的标准。工作除了安身立命之外，如果可以带来快乐的心情，何乐而不为呢？喜欢的职业可以让人觉得活得很值很充实，每天忙碌着的状态会让八小时以外的时间更美妙。

抗压力耐打击

就算不愿意承认，可他们是实实在在"煮不烂的铜豌豆，打不死的小强"，抗压性的确超强。乐观开朗是他们最明显的标签。在他们眼中，天塌下来当被盖，什么都可以看得开，快乐也是单纯而自然的，兴起时只想欢呼甚至手舞足蹈。准备了很久的提案被老板当场否决，刚买的基金缩了水……这些都不会让他们垂头丧气，人生那么长，机会不止一次，何必把自己困在某个死角里！

随时随地发泄压力

将压力随时随地发泄是他们的制胜法宝。他们会在生气时一个人在房里狂吼几声，前提是墙壁的隔音效果够好，或者健身、泡澡、爬山、吃顿诱人的甜品……总之，不记隔夜仇的向日葵族，不会让压力过夜。

感恩的心态

他们懂得感恩。感恩是一种生活态度，时时刻刻对于上天安排的一切抱着感恩的态度，会让自己的心情更好。自怨自艾从来不是他们的风格，感恩会让自己与朋友、家人之间的距离更近。一份工作，一杯咖啡，一个朋友，一位恋人，都是上天赐予的礼物，因为感恩才会懂得珍惜和把握，懂得捕捉生活中的美好。

张弛有度的生活节奏

他们随意懒散，酷爱自由。工作可以忙碌，但绝不能占用整个人生。业余生活可以丰富多彩，但绝不能落得个游手好闲。

他们喜欢张弛有度的生活节奏，而且更享受这种对生活的掌控欲。该工作的时候好好工作，忙里偷闲喝杯咖啡会让心情更好，该享受私人空间的时候也绝不马虎，跟朋友们小聚一下，完全放松地躺在沙发上聊天也是一种乐趣。

相互赞美的心态

他们不擅长在办公室政治中算计这个、筹谋那个，"办公室政治"不是他们的兴趣所在。与其算计别人而达到自己的目的，倒不如没心没肺地赞美别人，一样可以令工作愉悦。适度赞美在他们看来是一种善良的心态与省心的社交工具。每个人身上都有不同的闪光点，哪怕是对手。他们也会在竞争对手的作品赢得大奖后认真地告诉他："非常喜欢你的作品，为什么你的角度会这么独特？为什么我一点也没有想到呢？看来，我要努力的地方实在是太多了。"

对生活充满热情的阳光天性

向日葵族的平和、宽容和知足常乐，并不意味着他们放弃了生活的目标和实现目标的努力。相反，像向日葵始终追寻着阳光的方向一样，他们最根本的特点，就是永远对生活保持着高度热情，兴致高昂，勇于改变，对新鲜事物有足够的好奇。这种热情不会极端、浓烈，却持续、饱满，"阳光"正是最能表达他们天性的形容词。对于一连串的出差计划，他们想到的不是舟车劳顿，而是又可以吃到某个城市的特色小吃，看到当地的人情风物。

适当健忘的头脑

选择性遗忘是他们独有的能力。昨天刚收好的一张 CD，一转手就找不到的半瓶红酒，就算不记得也无伤大雅，某一天它们突然出现，就会化做生活中的小惊喜。更重要的是，对于那些不开心的事情，他们忘得比谁都快。这样的健忘让他们学会保护自己，也让生活更加轻松。对于很久不见的朋友，他们不会牢记对方曾经为了争夺升职机会而在背后使出的手脚，却一直不会忘记对方在自己生病时悄悄送上的药品和亲手煲好的暖汤。

善于自嘲

习惯用自嘲保持心理平衡，化解尴尬局面。在人人都粉饰自我的时代，他们的自嘲不是悲观失望、自惭形秽，而是被当做宣泄积郁、打破隔阂的良方，当然有时也是反嘲别人的武器。能够幽默地袒露自己的不完美，也是一种真实和坦诚。体重超标又能怎样？他们会在客户面前笑着说："你是重要客户，只有派我这样的重量级人物，才能镇得住场子。"

适当YY

在他们看来YY可不一定是坏事。一件漂亮的衣服，价格太昂贵，想想看也许并不适合自己，便也释怀；清晨在楼下的公园漫步，闻到清新的花草香气，想象着这是自己的专属花园；想买中意的房子，每天都在楼盘附近徘徊着，觉得自己离它越来越近……这样小小的精神胜利法使得人生更有乐趣，苦短的岁月何必非要过得苦大仇深，换一种YY式活法未尝不是件好事。

八小时外有所寄托

虽然他们喜欢从事自己喜欢的职业，但如果你觉得工作是他们生活的全部，那就大错特错了。在他们看来，辛勤工作其实最终的目的还是为了那八小时之外的完全属于自己的时间。可以在兴起时去酒吧晃晃，也可以在家邀邀随意地跟朋友们小聚。可以拿上画笔重温儿时的梦想，也可以自拍DV假装梦工厂。总之八小时之外的生活，他们绝对可以安排得很精彩。

嘴角习惯性上扬15度

嘴角上扬15度，是向日葵族不用每天刻意对着镜子练习而自然流露出的表情，内心的宽容乐观完整诠释出"相由心生"的道理。这样弧度的微笑最是无害温馨又饱含亲和力。早上出门的时候用15度跟家人告别，上班时用15度让同事如坐春风，朋友之间也因15度其乐融融。即使在公交车上不小心踩到别人，15度也是一句"对不起"之外的超值附送，很难有人会拒之千里。

拥有丰富的内涵

和一般的花只能看不能吃不同，向日葵不仅能开出绚烂的花朵供人欣赏，还能结出累累的果实供人食用，所以向日葵族最典型的特征就是：有时让人觉得有些没心没肺，其实内涵丰富，耐人寻味，绝非中看不中用的花拳绣腿。无论在事业上，还是在家庭中，都是领导和伴侣的好帮手，正所谓上山能打虎，下水能擒蛟，交给他（她）的任务，一定是拿得起、放得下，完全符合向日葵经济农作物的身份！

人生切割术

白简简

网络上有一个热门话题：人生的价值不体现在你工作的 8 小时里，而体现在你下班后的 8 小时内。这种说法其实有一个预设，那就是工作和生活之间有着天然的矛盾。

有一部剧叫《人生切割术》，讲的是一家公司发明了一种"记忆切割术"，能把人的记忆一分为二，一部分属于工作状态（工作人格），一部分属于工作之外的状态（日常人格）。接受了手术的人，在踏进公司大门的那一刻，由工作人格主导；在离开公司的那一刻，日常人格重新接管身体，而且，他不会记得任何在公司里发生的事情。

这种技术带来的好处是，没有人能打扰到下班后的你，工作中的不愉快也不会影响下班后的心情。但这种"高科技"诞生的前提，显然和那个话题一样，是将工作视为纯粹的消耗。就像在《月亮与六便士》一书中，读者被作者绕进了非此即彼的陷阱，觉得捡起了六便士就一定要放弃头顶的月光，而仰望月亮就一定会把六便士踩在脚下。

工作目标不等于人生目标，但应该是人生目标的重要组成部分。千万不要否认职业对人的重要性，我们很多的成长瞬间和成就感都来自职场。比如我们的父辈、祖父辈聊起"大厂"的激情岁月，他们为之燃烧过青春的"职场"时，总是说他们高高兴兴上班，高高兴兴下班，工友亦是朋友。这样的工作，无论在客观上还是主观上，都是非常有价值的。

今天的年轻人把时间分成上班和下班，区分的其实是一种情绪。上班并不可怕，可怕的是工作中那些消耗你精力的人和事。凭借着无孔不入的互联网，这些消极影响可能还要延续到下班后。而人生价值，肯定不来自这些消耗自己的东西。

到工作的第十年，我发现自己陷入迷茫。首先，新鲜感消失了，工作所带来的"哇"，渐渐变成按部就班的"哦"；其次，成就感在减弱，曾经一件"作品"的完成能抵消一切前期的辛劳，而现在"作品"逐渐成为"产品"，来自收入之外的获得感很少；最后，对未来越发看不明晰，我曾将职业规划和人生规划做了深度绑定，因此当对职业产生犹疑时，人生之海上也就升起了薄雾。

怎么办？于我而言，一是探索更多的创作领域，保持好奇心是带来新鲜感的最佳方式。二是寻找与本职工作只有弱联系，甚至不相干的成就感来源，比如，工作中的某个无心之举真正帮到了某个群体。三是人生规划和职业规划不妨常改常新，人是在不断成长的，一个"懂事的"规划也应该不断成长，"三心二意"在这里并不是坏事。

人生价值的实现是一个不断寻找意义的过程。职场是一条道路，陪伴家人与朋友、学习与自我提升、做自己感兴趣的事情……也都是道路——并非要与职场生生割裂开来。

敢于蜕掉旧皮肤

〔美〕奥赞·瓦罗尔　苏西 译

前半生，我曾经蜕掉好几层皮肤：火箭科学家、律师、法学院教授、作家和演说家。在每次转型之前，我都会有非常难受的感觉——某些事不对劲了。某一时刻，我的旧皮肤再也无法容纳内在的成长，曾经合理的选择变得不再合理。

我在大学时学的是天体物理专业，后来加入"火星探测漫游者"计划的执行团队。我非常热爱这项工作，也喜欢为了把探测车送上火星表面而解决一个个实际问题，可是我不喜欢那些必修的理论数学与物理课。我对天体物理学的热忱渐渐消散，转而对社会中的"物理学"越来越感兴趣。尽管这意味着要浪费倾注在火箭科学上的4年时光，但我还是选择尊重自己的好奇心，决定转入法学院。放弃旧的，我会暂时失去平衡；可如果不放弃，我会失去自我。

我们往往会把自己与外在的那层表皮混为一谈，可那层表皮只是我们目前碰巧披在身上的东西，昨天它是合适的，但现在我们已经长大。然而，我们往往会发现自己难以离开它。我们抓着不喜欢的工作不肯放手，我们留在一段没有出路的感情关系中，不肯承认双方已经貌合神离。

我们身体上的这层皮肤每过一两个月就会更新换代，可由信念、感情关系、事业构成的那层皮肤远比真实的皮肤牢固得多。弃旧是违背传统观念的，我们推崇毅力、韧性、坚持不懈，给放弃打上巨大的耻辱标签。如果你反复去做行不通的事，或者当一件事情早已完成它的使命，可你依然紧抓着它不放，这种坚定的态度就毫无意义。

在一则佛教故事中，一个人为了渡过湍急的河流，造了一只木筏，靠它安全地抵达了对岸。他扛起木筏，走进森林。木筏绊上了树枝，减慢了他行走的速度。可他不肯抛下木筏。他心想：这是我的木筏啊！我亲手做的！它救了我的命！可是为了在森林里活下来，他现在必须放弃它。

蜕掉旧皮肤确实是非常痛苦的。但还有一个更加重要的问题是你应该思考的：如果放开手，我将得到什么？

当你按兵不动的时候，当你紧抓着束缚你的旧皮肤不肯放手的时候，你其实是在冒风险。一张画布可能从此空白，一本书无人动笔，一首歌未经吟唱，一段人生不曾被酣畅淋漓地充分体验。如果你继续做那份消耗灵魂的、死水一潭的工作，你就没法寻找到让你焕发光彩、照亮世界的事业；如果你接着读那本糟糕的书，只是因为你已经读了开头几章，那你就没法找到那部直击你内心深处的、有震撼力的作品；如果你还留在那段不和谐的感情关系中，只是因为除却一切挫败和羁绊，你依然深信能够改变对方，那你就找不到能滋养灵魂的爱情。

如果你感到活得很沉重，或许是因为你正扛着那只不再有用的木筏。如果你感到很难继续适应旧模式、旧关系、旧想法，开始厌倦生活，你很可能到了该蜕皮的时候。把"不是自己"的那部分舍弃掉，你就能看见"自己是谁"了。

如何让目标不再半途而废

李睿秋Lachel

设定一个有趣的起点

如果想在新年伊始设立目标，那就不要立太多的目标，可以把目标拆成小块，均匀地分摊到一年中的不同时期，并为它们设定一个有趣的起点。

比如，你想在新的一年让自己拥有更健康的身体，那就可以试着把目标分解成三个：开始锻炼，均衡饮食，调整作息。

然后，把这三个目标分别设定到三个不同的时期。比如：

把开始锻炼的起点设定在元旦，告诉自己："从新的一年开始，多活动，少久坐，让身体更灵活。"

把均衡饮食的起点设定在春分，告诉自己："万物复苏，好好调整自己的饮食，让自己焕发生命力。"

把调整作息的起点设定在夏至，告诉自己："早睡早起，沐浴更多的阳光，让身体跟大自然更好地连接起来。"

描绘有吸引力的愿景

去描绘你想达到的愿景，越具体越好。越具体、越详细，大脑就越容易对它"信以为真",从而调整对它的价值判断。

比如,你想改造自己的旧房子,但觉得既麻烦又费钱,一直难以下定决心,拖了两三年。如何迈过这道坎?不妨多畅想一下自己的旧房子装修改造之后的结果:改造之后会是什么样子?我可以在改造后的房子里做些什么?现在的生活中有哪些问题和困扰,在房子改造后就不复存在了?

你可以浏览一些漂亮房屋的视频和图片,观看别人的房屋改造过程,一步步揣摩和勾勒自己心目中新家的样子。

你甚至可以做一个计划。改造之后是不是可以有一个小小的书房?可以关上门,在里面工作、学习;夏天开窗通风,看窗外的景色;冬天泡上一壶茶,坐在椅子上,惬意地晒太阳。

或者,是不是可以有一个小小的厨房?可以动手尝试不同的菜谱,做几份糕点、汤羹……

这可以不断地为你提供动力,让你在"长期耕耘"的道路上一步步向前迈进。

定性,而不是定量

从微小的行为开始,关注自己的行动,让行动慢慢成为习惯,而不是关注行动的结果,刻意去规定自己"要做到什么"。

比如,你想培养读书的习惯,比起"每天至少要读半个小时书"来说,"每天洗完澡就拿起书读一下"和"每天起床后就读几页书",是更好的选择。

你想培养学习的习惯,那比起"每天要做两页笔记"来说,"读书时要留意自己的想法"和"把自己想到的东西随时记录下来",是更好的做法。

你想培养写作的习惯,那比起"每天要写一千字"来说,"每天把自己学到的内容,用自己的话写出来"是更好的做法。

它们的区别在于,前者关注的是结果,用是否实现结果来衡量我们是否成功；后者关注的是行为，用是否采取行动来衡量。只要你去做了，哪怕结果未必令人满意，那也是好的，因为你又朝着自己想要的方向前进了一步。

良好的目标设定，应该是定性的，而不是定量的。它是指导自己生活的方向，而不是出题去刻意为难自己。有效的成长是，知道好的方向是什么、在哪里，并为自己设下"行动信条"，让自己朝这个方向前进。

用好"支持部落"的力量

许多想设定目标和计划的朋友会遇到一个问题：要不要把目标告诉别人呢？

我经常提的建议是，找几位跟你志同道合、能聊到一起的朋友，建一个群，每个人说一个简单的、想去改变或想养成的习惯，然后定期在群里互相交流、打气、监督。没有做到的人，可以接受小小的惩罚。

再进一步，你们还可以在群里交流和分享自己的成长，让每个人清晰地看到其他人的进步，从而形成持续性的动力。

如果你没有这样的朋友，那么加入一个线上或线下的社群，也是一个不错的选择。你可以报名参加一些小一点的、紧密一点的团体，通过培养与团体联系的紧密度，让你把"培养习惯"这件事放到更高的优先级上。

这就是一个"支持部落"。它可以成为你汲取力量、建立信心不竭的来源。

不要重复过去的失败

如果目标没达成，有这样两种可能：一是你设定的目标不够合理，跟你的生活和行为模式格格不入；二是你采取的方式有问题，它也许过于低效，也许缺乏反馈，也许过于复杂，使得你难以持续践行下去。

所以，不要重复设定相同的目标，你要做的，是问自己：为什么我设定的目标没有达成？目标的设定是合理且必要的吗？我采取了哪些有效的行动？遇到了什么问题？有哪些行动是需要调整和改进的？

基于复盘的结果，再调整目标，把已经被验证有效的行动保留下来，去改进那些无效的、遇到问题的行动，让自己用新的方式达到新的目标。

不要重复过去的失败，你要做的，是从失败中更好地了解自己，明白自己的性格、喜好、习惯、行为模式，理解自己喜欢什么样的方式，有什么样的需求，适合什么样的行动。把过去的失败，变成自己升级的"技能点"。

事别拖

第 ② 章

良言相伴终生

职场寓言 5 则

佚 名

亮丽的羽毛

有一根非常绚丽耀眼的羽毛,生长在大鹏鸟的翅膀上。在众多羽毛中,这根羽毛十分独特,它每时每刻都闪闪发亮,耀眼夺目,令其他羽毛羡慕不已。它自己也常常得意洋洋,摆出一副不可一世的样子。

有一天,亮丽的羽毛意气风发地对其他羽毛说:"大鹏鸟展翅飞翔时看起来如此壮观伟岸,还不都是因为有我参与。"其他羽毛听罢都低声附和。又过了一段日子,那根漂亮的羽毛更加自以为是地对其他同伴说:"我的贡献最大了,没有我的话,大鹏鸟哪里能够一飞冲天呢!"

漂亮的羽毛整天陷在自傲自负的泥沼里,无法自拔。终于它孤傲且目中无人地对大家宣布:"我觉得大鹏鸟已经成为我人生沉重的负担,要不是大鹏鸟硕大无比的躯体重重地压着我,我一定可以自由自在地飞翔,而且会飞得更远更高。"说完,它就使出浑身解数,拼命地脱离大鹏鸟,最后它终于如愿以偿从大鹏鸟的翅膀上掉落下来,在空中没飘多久,就无声无息地落在泥泞的土地上,从此再也无法飘扬远飞了。

管理寓语

有些人固然拥有不错的才华，然而，却因此就自视高人一等，甚至目中无人，睥睨一切，狂妄到将所有的功劳都往自己身上揽。这种一意孤行的心态及行为，终将会令他们自食恶果。

搬家的猫头鹰

猫头鹰急促而忙碌地在树林里飞着。一旁的斑鸠好奇地问："老兄，你究竟在忙什么？"猫头鹰气喘吁吁地回答："我在忙着搬家。"斑鸠疑惑不解地再问："这树林不是你的老家吗？你干吗还要再迁移搬家呢！"此时，猫头鹰叹着气说："在这个树林里，我实在住不下去了，这里的人都讨厌我的叫声。"

斑鸠带着同情的口气说："你唱歌的声音实在聒噪，令人不敢恭维，尤其在晚上更是扰人清梦，所以大家都把你当做讨厌的人物。其实，你只要把声音改变一下，或者在晚上闭上嘴巴不要唱歌，在这林子里，你还是可以住下来的。如果你不改变自己的叫声或夜晚唱歌的习惯，即使搬到另外一个地方，那里的人还是照样会讨厌你的。"

管理寓语

人们常常抱怨，都是环境或别人对自己不好，所以就想借着换个环境，或结交新的朋友，来改变尴尬的境遇。但是人们却很少反省自己，人际关系的不顺畅或职场的不如意，究竟是自己的因素还是别人的因素所造成的。如果原因是出自本身的话，惟有改变自己才能让问题迎刃而解。否则，不断地转换工作或认识新朋友只能是对生命的浪费，对问题的解决没有丝毫裨益。

长臂猿与红毛猩猩

树林里住着两只长臂猿兄弟，他们整天在树枝间荡来晃去。嬉戏玩乐的日子固然欢乐愉快，但对于每天只能找到一点点食物果腹一事，它们一直耿耿于怀。

有一次，长臂猿兄弟闲逛到山脚下的动物园，只见其中一个笼子里关着一只红毛猩猩。在红毛猩猩面前，摆了许许多多的水果和食物，令它们垂涎欲滴。长臂猿弟弟就对哥哥说："老哥！我真羡慕那只红毛猩猩的待遇，它每天不用做任何事，就有这么多美味可口的东西可以大快朵颐，不像我们必须十分操劳，才能得到稀少的食物。"长臂猿哥哥搂着弟弟，无奈地点头说："你说的对极了。"

这个时候，笼子里的红毛猩猩无精打采地抬起了头，以十分羡慕的眼光望着长臂猿兄弟，心里想着："唉！我真是羡慕那两只长臂猿兄弟，每天可以在树林里自由地荡来荡去，多么的逍遥自在啊！"

管理寓语

俗话说，"这山望着那山高""吃着碗里看着锅里"。上班族在职场上工作，刚开始的时候对公司的环境与待遇也许尚感满意，但一段时间过后，可能因为某种因素，就开始抱怨起来，总认为别的公司福利好待遇佳，于是驿动的心油然而生。然而，这一定是事情的真相吗？

偷油喝的老鼠

有3只老鼠结伴去偷油喝。可是油缸非常深，油在缸底，它们只能闻到油的香味，根本喝不到油。喝不到油的痛苦令它们十分焦急，但焦急又解决不了问题，所以它们就静下心来集思广益，终于想出了一个很棒的办法，就是一只咬着另一只的尾巴，吊下缸底去喝油。它们取得了一致的共识：大家轮流喝油，有福同享，谁都不可以存有独享的想法。

第一只老鼠最先吊下去喝油，它在缸底想："油只有这么一点点，大家轮流喝一点多不过瘾。今天算我运气好，不如自己痛快地喝个饱。"夹在中间的第二只老鼠也在想："下面的油没多少，万一让第一只老鼠喝光了，那我岂不是要喝西北风吗？我干吗这么辛苦地吊在中间让第一只老鼠独自享受一切呢！我看还是把它放了，干脆自己跳下去喝个痛快淋漓！"第三只老鼠则在上面想着："油是那么的少，等它们两个吃饱喝足，哪里还有我的份！倒不如趁这个时候把它们放了，自己跳到缸底饱喝一顿，才能一解嘴馋。"

于是，第二只老鼠狠心地放了第一只老鼠的尾巴，第三只老鼠也迅速放了第二只老鼠的尾巴。它们争先恐后地跳到缸里，浑身湿透，一副狼狈不堪的样子，加上脚滑缸深，它们再也逃不出油缸。

管理寓语

自私是人的天性，尤其是利益当前，有的人更克服不了这样的劣根性。此外，见不得别人好也是一般人的通病。其实"我好，你也好"的双赢精神，才能促进人际往来的顺利。别人好，自己未必就会损失利益；自己好的当下，也应该尽量想到不要给别人造成伤害。如此一来，人际关系自然通畅无阻。

蜈蚣买汽水

有一群昆虫聚集在草堆里一起聚餐联谊，它们一边兴奋地聊着天，一边开心地吃着可口美味的食物。不多久，它们就把准备的汽水喝了个精光。

在没有汽水的情况下，大家口渴难耐，所以就商量要推派一个代表跑腿帮大家买汽水，而卖汽水的地方又离这里有一段颇长的路程，小虫们认为要解决口干舌燥的急事，一定要找到一位跑得特别快的代表，才能胜任这样的任务。

大伙你一言我一语，环顾四周，挑来选去，最后一致推选蜈蚣为代表，因为它们认为蜈蚣的脚特别多，跑起路来，一定像旋风般的快。

蜈蚣在盛情难却的情况下，起身出发为大家买汽水，小虫们放心地继续嬉闹欢笑，一时忘记了口渴。过了好久，大家东张西望，焦急地想蜈蚣怎么还没回来。情急之下，螳螂自告奋勇跑去了解究竟发生了什么事。它一推开门，才发现蜈蚣还蹲在门口辛苦地穿着鞋子呢！

管理寓语

人不可貌相，海水不可斗量。一般人常常会根据外表来判断一个人的能力或人格，然而，实际上，看走眼的几率是相当高的。毕竟，一个人的能力或人品是无法单凭外表来评判的。此外，人们也常常产生先入为主的偏见，以为只要腿长或脚多，就一定跑得快。然而像故事中的蜈蚣一样，虽然脚多，却不见得跑得快。所以，客观地评估一个人的优缺点实在是有必要的，尤其对人事主管而言，在招聘或任用时，更应站在不偏不倚的角度，去除个人的偏见，甚至发展或建立一套客观的评估标准来选才、用才，才不会造成人力资源的虚耗或有人怀才不遇的遗憾。

心累型职业和心流型职业

何 帆

年轻一代,可能跟上一代有不同的择业观念。

我们可以区分两种职业:一种是心累型职业,另一种是心流型职业。

心累型职业的特点是:人被困在系统之中,无法把握事情的发展,也无法度量自己的贡献;无法预测最终的结果,也无法改变中间的程序。这就会让人产生无力感。

心流型职业的特点是:人们可以自我掌控、自我表达、自我创造、自我实现。这些都是一个人能够真实感受到的,与世俗眼中的名利并无太大的关系。

世俗眼中社会地位更高的职业,有可能是心累型职业;很多看似不起眼的职业,反而是心流型职业。

在一些看似光鲜亮丽的行业中,人往往会遇到很多的干扰因素,有很多的不确定性。不是所有人都能承受如此大的压力,很多人会因此产生倦怠感。相反,一名熟练的木匠,能从不同的木料中看出可以创造的新事物。打家具也好,做木雕也好,他能够享受到完成一件作品的乐趣。

心流就是"一个人完全沉浸在某种活动当中,无视其他事物存在的状态。这种体验本身带来莫大的喜悦,使人愿意付出巨大的代价"。

一般人认为，无所事事、优哉游哉，那才叫快乐。其实，一个人最愉悦的时候通常是他为了某项艰巨的任务而辛苦付出，把体能与智力都发挥到极致的时刻。所以，想要体验到真正的快乐，就要"有所事事"。

这个"有所事事"，跟工作岗位有关系，跟工作中要做的事情关系更大。比如，外科医生的工作很累，而且要承担巨大的责任。可是，很多外科医生会对工作上瘾。医生做手术需要经验和知识，也需要技巧和天赋，精密的手术犹如一种艺术。外科医生做手术的时候全神贯注，做完手术心满意足。

总结一下：工作岗位也许重要，但工作中要做的事更重要。

开心就"坐"

先做收入最高的工作

万维钢

在小事和要事之间，怎么权衡呢？

数学家的答案非常简单。你先估算一下每项任务的"重要程度"，然后算一算每项任务的"密度"：任务的密度＝重要程度／完成时间。之后按照任务的密度从高到低的顺序去做事。这样做就能让你的心理负担最小化。

衡量任务重要程度的一个简单办法就是看这项任务能给你带来多少收入。比如，你有两项任务：第一项任务你需要用 1 个小时完成，它能给你带来 200 元的收入；第二项任务你需要用 3 个小时完成，它能给你带来 300 元的收入。那么数学家说，你应该先做第一项任务，因为它的密度是 200，而第二项任务的密度只有 100。

方法非常简单，但是这个思想很重要——关键在于"量化"。你不能光说"要事优先"——到底多重要的事，才算要事？现在有了这个量化的方法，我们就知道，如果任务 A 的完成时间比任务 B 的长一倍，那么 A 的重要程度必须也比 B 的高一倍，这样我们才应该考虑先做 A。

我们把这个算法叫作"加权最短处理时间算法"。这种计量方法非常符合我们的直觉。用钱来打比方，其实就是说，肯定要优先考虑单位时间内收入最高的工作。

做一个善良的否定者

罗振宇

偶然看到法国作家加缪的一段话,他说,我们可以否定一样东西,但不一定非得诋毁它,因为这是在剥夺他人相信的权利。

我们平时在表达对一个事物的否定时,经常会延伸出一连串的动作:第一,我要否定它;第二,我要证明我的否定是正确的;第三,我还希望别人同意我的否定,加入我的阵营;第四,为了巩固我们这个阵营,光在逻辑上否定它还不够,还应该在情感上厌恶它。

这个时候,一个简单的否定就变成诋毁,一个观点的表达就变成了对他人的绑架。所以,一个人要想变得善良一点,并不需要赞成一切,只需要把握好这个边界就行。

我们否定或者拒绝,并不一定要给理由;给理由,未必要说服对方;对方同意,并不一定要和他在情绪上共鸣。能这样做的人,其实就已经很善良了。

职场善意有回报

〔美〕安德鲁·斯威南德　孙　燕译

当焦虑情绪高涨而士气低落时,善良就从职场奢侈品变成了必需品。

如果你是一个新晋领导者,善待员工可以帮你留住顶尖人才,建立积极活跃的企业文化,提升员工的积极性和生产力。赞美和认可的话语可以让员工更有满足感,增强自尊心,改善他们的自我评估,并引发积极情绪。

对个人而言,保持善良会让我们的大脑加速分泌能带来幸福感的5-羟色胺和多巴胺,并促进内啡肽的释放,这是身体的天然止痛药。

数十年的研究表明:善良对每个人都有好处。

如何在工作中更友善?

无论是刚进入职场、开始一份新工作还是成为领导者,善良都可以成为你的一个有价值的特质,充分表明你的个性和长期价值。更重要的是,当你举止友善时,这些善意会鼓励团队中的其他人也这样做。以下几个简单的习惯可以帮你将善意融入日常工作和生活,并帮你在团队中创造一种充满善意的文化氛围。

第一,绝对的自我关照。要记住善待他人必须从善待自己开始,我们总会忘了这一点。你可能认为自我关照是一种放纵的做法,但事实并非如此。一个人的幸福感受到影响时,他的工作表现也会受到影响。如果你筋疲力尽，没什么可以贡献的，你的状态就可能影响到周围的人。成为一个有价值、有思想的团队成员的最好方法，是让自己保持身体、情感和心理健康。

在工作中练习自我关照可以从理解和管理自己的工作量开始，这样你和你的领导就都能清楚地知道你工作中的优先事项到底是什么。这可以帮助你在需要时设定界线，以便你能专注于完成最重要的任务，而不是同时处理多项任务。你也许还需要一个"心理健康日"来充电，在筋疲力尽前留出自我修复的时间。

第二，做好自己的工作。当一个人经常迟到或没能完成与本职工作相关的任务时，会发生什么？在通常情况下，团队的其他成员将不得不分担这个人未能完成的工作，这会导致每个人都感到焦虑、有压力或有挫败感。因此你应该从小事做起，准时出现并尽最大努力做好自己的工作。这就是自我关照实践发挥作用的地方——如果不先照顾好自己，你就无法做到最好。

找到对自己负责的方法也很重要。每天为自己设定几个小目标，以实现更大的目标。这些小而具体的目标可以作为推动你不断接近终点线的铺垫。你可以用每日清单来追踪任务进展，并收集团队成员对于你贡献的反馈。这些做法可以帮助你将工作量分解成更易于管理的模块，从而让你能腾出时间向周围的人伸出援手，传递善意。看到同事遇到困难，而自己的工作量较轻时，即使任务超出了既定工作范围，你也要提供帮助。最小的帮助也可以培养团队成员间的友谊和信任感。

另一个建议是，当你完成一项任务后，及时进行复盘。想想任务是如何进行的，确定需要改进的地方，并预想如何在未来以不同的方式处理问题。

第三，有意识地建立联系。远程工作中的社交联系并不总像线下办公时那样自然发生。因此，我们必须有意识地建立和维持联系。制订计划，与同事进行线上或更好的面对面交流。问问他们的近期动态或家庭情况。最重要的是，练习倾听。向一个人展示你真正关心他们说的话，可以很好地表明善意。你可以通过用自己的话重复对方的观点或者提出谨慎思考后的疑问，来表明你理解了他们给出的信息。当有人表现出善意时，人们更有可能给予他人关心，进而培养充满善意的文化氛围。

除了能有效地传递善意，建立深层次的社交联系也是了解团队成员所面临挑战和痛点的一种方式。这将让你深入了解他们在工作内外的感受——什么激励着他们，以及你可以如何帮助他们建立信心。

第四，给予他人认可。团队成员看到你对他们的工作情况表现出关心与重视，并鼓励他们发挥潜能时，你就在团队内培养出一种善意氛围。真实且用心的互动表明你在心中想着对方，并且思考着他们独特的属性和价值，这样可以巩固社交联系，营造一个积极又令人振奋的，使得善良文化可以蓬勃发展的环境。

你应该对同事给予真诚的赞扬——这是让大家知道你欣赏他们的有力方式。赞扬一个人最简单的方法是夸赞他最近给你留下深刻印象的成就。比如，"你在今天的会议上表现出色"。这样简单的一句话，就可能改变一个人的一天。研究成果也证实了这一点：大脑处理口头肯定的方式与处理财务奖励的方式相似，赞扬和感激会让人感觉受到重视，也能提高他们的士气。

第五，认真对待反馈。深入了解团队成员后，你就可以更好地理解如何向他们提供真诚、有建设性的建议。虽然许多人可能将"善良"和"友好"混为一谈，但它们有很大差别。友好往往接近于取悦他人，可能是虚伪的，而善良是诚实的。善良意味着为接受它的人提供反馈，并为团队的整体成功贡献力量。你在努力地鼓励对方。

下次被问到对某人工作的看法时，你要诚实，但同时要关注到积极的和你认为需要改进的地方。从赞扬你喜欢他们工作的部分和效果好的地方开始，然后过渡到你认为需要改进的方面。练习用积极的方式表述那些看似负面的反馈："演讲的这一部分对我来说有点儿平淡，因为……（解释原因）。我认为如果把它作为一个……（提出改进建议）的机会，会更有力。""我认为你有很大的潜力来发展……技能并成为……（这个领域）的领导者。"

善良虽然是一种难以量化的无形资产，但在塑造团队和组织文化方面十分重要。创造一种倡导善良的氛围，不仅可以激励员工产生创新想法，还可以让他们坦诚地表达自己、积极地进行分享。

不要让人看出你的强势

脱不花

当我还是一个职场菜鸟时,我到一个大客户那里做常驻服务。当年她50多岁,已经是副总裁,是那家公司的传奇人物。她并不漂亮,但很讲究,一年四季穿各式白衬衫配不同颜色的西装裙、低跟鞋。

她手下的一个员工曾跟我说:"我每天早上准时上班,总会发现办公桌上贴着一两张她留给我的便笺,有时候是强调某个工作的要点,有时候是表扬或批评。我一直不知道她是什么时候留下便笺的,但是当我在公司里第一次升职时,内心的第一反应就是感谢她,我觉得她花了很多心思在我身上。"

为这家企业工作两年之后,我发现了她的秘密:除非出差,她每天比其他人早50分钟到办公室,即使当天上午在外有公务,也会先到公司。她就是利用这50分钟时间给其他人写便笺的。便笺上印着她本人的漫画笑脸,帅极了。特别是在冬天的早晨,当其他人从通勤大潮中挣扎出来,狼狈不堪地赶到公司时,她总在气定神闲地喝咖啡、看材料。

10年之后,我终于成为主管这个客户的合伙人,而她亦当选新一任董事长。我给她写了一封信,回忆了10年来她对一个菜鸟的影响。她很快回了一封简短的信,用的是蓝色带漫画头像的私人信纸,里面有一句话让我永难忘怀："商业是一个与不确定性共舞的游戏，让我们努力去做其中最确定的因子。"

在单位，最重要的就是营造单位上下对自己的信任。而信任正来自她所说的这种确定性：工作进程有提前度，启动总比其他人早一步；个人形象有识别度，给人留下始终如一的印象；沟通过程有可控度，要让同事、老板觉得，你的状态永远可控。当他们这样想时，那就说明你已掌控了自己命运的转折点。蓝色便笺则是她的一个重要技巧，她通过这种方式与下属们形成一种不是师徒胜似师徒的情感纽带。

在办公室这个道场里，气定神闲胜于气急败坏，让人看出你的强势，你就输了。

"荷"颜悦色

隐藏睿智

天 舒

查理·芒格说，他有个同事查克，从法学院毕业时，成绩是全班第一名，曾在美国最高法院工作，年轻时当过律师，当时，查克总是表现出见多识广的样子。有一天，查克的上级把他叫进办公室，对他说："听好了，查克，我要向你解释一些事情，你的工作和职责是让客户认为他是房间里最聪明的人。如果你完成了这项任务之后还有多余的精力，应该用它来让你的高级合伙人显得像房间里第二聪明的人。只有履行了这两项义务之后，你才可以表现你自己。"嗯，那是一种在大型律师事务所里往上爬的好办法，但查克并没有那么做。他通常率性而为，他说，如果有人看不惯我的作风，那就随便，我又不需要每个人都喜欢我。

查理·芒格说，尽管我年轻时扑克牌玩得很好，但在我认为我知道的比上级多的时候，我不太擅长掩饰自己的想法，也没有很谨慎地去努力掩饰自己的想法，所以我总是得罪人。现在，人们通常把我当成一个行将就木的没有恶意的古怪老头，但在从前，我有过一段很艰难的日子。所以，我建议你们不要学我，最好学会隐藏你们的睿智。

向上管理

XLU

在很多职场新人眼里，"管理"似乎离他们还很远——那不是领导该做的事吗？做好员工的本职工作就行了。但在管理奇才杰克·韦尔奇的助理罗塞娜·博得斯基看来，管理需要资源，而资源的分配权力在你的老板手上。所以，当你需要获得工作的资源时，就离不开"向上管理"。于是，她把和老板一起工作的经验写成了一本书，叫《向上管理：做副手的智慧》。她在书中第一次提出了"向上管理"（Managing Up）的概念。

为什么要"向上管理"

职业生涯规划专家古典讲过一个故事：有人在中国香港参加一个国际大公司的酒会，不一会儿公司 CEO 到场，会场里的中国人都下意识地往后退，而很多老外都下意识地往前凑。

这个举动反映出两种不同的心态：大多数中国人觉得老板代表权威，而外国人却认为老板意味着资源。

权威是使人畏惧的，所以才有了"退"；而资源是人人都向往的，会使人往前"靠"。大多数人习惯把上司当成权威，于是跟老板接触时总有畏惧的心理，觉得一般人怎么会有资格管理上级呢？但其实"向上管理"

的意义也不仅仅是简单的约束、限制,更多的是一种建立信任的过程。进行"向上管理",不仅可以把职场道路变得更加平坦,甚至可以帮你建立和领导之间的长期信任关系,对双方来说是双赢的结果。

"向上管理"具体有哪些好处

1. 更和谐的工作方式

过去的单向管理,强调的是员工单方面的配合,一切事物跟随老板的步调。随着职场上的年轻人越来越有个性,这种单向管理的方式也会造成沟通上的误解,甚至造成员工的叛逆,使下级看上级,怎么看怎么别扭。而"向上管理",却让领导有机会了解员工的工作方式和性格,使双方都能在一定程度上去配合对方。

2. 合理利用时间与资源

职场上,职场新人与上司之间存在着时间与资源不对等的状况。员工的资源少,时间多;上级的资源多,时间少。"向上管理"能很好地将双方的劣势转化为优势,形成 1+1 > 2 的局面。比如,作为普通员工的你,可以利用自己的时间,为老板做一些日常决策;而老板在公司内外的资源,也会帮助你更好地开展团队协作。

3. 使信息流动起来

信息不对称是造成沟通障碍的最主要原因,而"向上管理"则可以让信息逆向流动起来,从而填平双方的信息差。职场新人可以从上司那里获得一些管理层面的消息,更好地理解公司的决策和未来发展方向;而管理者可从员工那里获得执行层面的信息,方便制订更好的角色分配计划和未来规划。

4. 相互期盼、信任

相互信任是在职场取得成功的大前提,而"向上管理"能为相互信任提供极大的助力。因为"向上管理"的本质，便是具象化管理者对员工的期待，加深双方的相互了解，从而让你们后续的工作进行得更加顺畅。

"向上管理"的基本原则

罗塞娜·博得斯基在《向上管理：做副手的智慧》中提出了"向上管理"的4个基本要素：汇报是一种态度，准时是一种能力，建立信任是核心，获得授权是目的。"向上管理"，其实只需要做到3件事：

1. 先了解上级

对于你"向上管理"的目标，了解对方的需求才能对症下药。先摸清上级的职场目标和性格特征，再根据这些完善自己的工作方式，相信会取得很好的效果。

2. 再评估自己的需要

"向上管理"的最终目的其实是为自己服务，为了让职场道路走得更顺，你与领导需要互相成就。而只有先倾听自己的需要，才能更好地让领导为自己服务。比如，你擅长数据分析类的工作，逻辑思维和统筹分析能力较强，但是创造力和想象力相对一般，那么在"向上管理"时，就要清晰地向领导传达这个信息。这样领导在后续的工作中，便会将更多你擅长的工作交给你，而不是每次都让你完成不擅长的事情。

3. 发展和上级的关系

首先，要尊重对方的工作风格，因为对方工作年限长，所以对工作更加游刃有余，你不要因此而自卑；其次，待人真诚，去发掘、看见老板的优势和优点，不要欺瞒或者算计对方；最后，用自身的知识和工作成绩为老板创造价值的同时，也可以利用上司的资源和人脉，为自己的工作提供帮助。

如何实现"向上管理"

英特尔总裁格鲁夫曾在《格鲁夫给经理人的第一课》一书中,提出过管理者的产出公式:经理人的产出 =TA 直接管辖部门的产出 +TA 间接影响所及部门的产出。

不管是企业、学校还是医院,其产出都是团队合作的结果。同理,让我们把这个概念延伸到每位员工身上,可以得出:一位职员的产出,是组织中向他报告或受他影响的所有人产出的总和。以这个角度来考虑,一个人能做好他的分内事并且臻于完善,并不全是他的产出;如果他能够影响周围同事,甚至是上级,这个人的产出便是这两群人的产出总和。简单地说,要学会让领导帮你干活。那么具体如何实现呢,可以从以下几个方面入手。

1. 对上级进行思维强化

许多人非常害怕向上级反馈工作。如果老板问起,便会很紧张地三言两语蒙混过去;如果老板不问,甚至可以一直拖到截止日期。这样的做法非常不明智,因为主动沟通是下属和领导建立信任的前提。

主动沟通的重点其实并不在于沟通,而是对上级进行思维的强化,加深老板对你"靠谱,凡事有着落,一直在工作"的印象。并不需要急急忙忙地完成老板交代的任务,而是要随时让对方知道你的进度。如果遇到困难,不妨给领导一点儿参与感,让领导和你一起面对挑战,你们之间才会形成团队的氛围,从而建立更长久的信任和信心。

2. 试着帮上司做决策

有一种员工遇见问题总去问老板,还打着尊重老板的旗号,殊不知这只是在给老板找麻烦——对方工作那么忙,还要帮你做琐碎的决定;另一种员工,自己会思考,想好了 abcde 几种解决方案,最后比较 a 和 b 两种,拿不定主意,去让老板给一些参考意见。如果你是老板,你会更看重哪种员工？

挑错儿谁都会，但解决问题是一种能力。老板需要员工为他解决棘手的问题。而在帮上司做决策的同时，你的决策能力也会得到提升。如果你日后希望走上管理岗位，那么不妨从日常工作开始锻炼决策能力。

3. 管理领导的预期

上级在交办任何一项工作时，对工作的交付时间及交付质量都是有预期的。

对于上级明确要求交付质量的工作，若在规定的时间内不能达到上级预期的交付质量，要及时与对方沟通，说明原因，获得理解，进而调整交付质量的标准。对于上级未明确要求交付质量的工作，应该在交付工作待办时就主动与之沟通，帮助厘清工作的交付质量。这样每次的工作结果，都在上级的预期内，上级对员工的信任度也会随之提升，信任度提升的结果就是会交办更加重要的工作，这会对员工的长远发展有帮助。

做好"向上管理"不容易，它是对工作能力的极大考验，不仅需要对信息处理、时间管理、待人接物都有很强的学习和理解能力，同时也需要在情感方面，为上级提供其所需要的安全感和信赖感。"向上管理"不是简单地摆平领导，而是慢慢凝练出一个人的影响力。

有时候人们说，"操着老板的心，想着老板的事"，这是很有必要的，一旦想对了方向，就可以突破个人的升级界限。

把上司当作必备的良药

〔日〕枡野俊明　　于彤彤 译

在一个组织机构中，总是会聚着形形色色的人。

当然，增加企业利益是大家共同的目标，但是，仅仅是因为这个共同目标，并不能保证在团队中形成顺畅愉快的人际关系。

在其中，难免会遇到与自己合不来的人，甚至厌恶的人，而这个人有可能是你的上司。

讨厌这种感觉，多半源于先入为主的第一印象。例如，我们此前亲眼见过这位上司怒骂下属，心里就会想：怎么能这么说话呢？身为上司怎么能这样仗势欺人！这种态度绝对不能接受！于是这位上司就给你留下了"蛮不讲理、态度专横"的印象。但是，每个人都有很多侧面。事实上，不讲道理、飞扬跋扈或许只是这位上司的一个侧面，他很可能有非常讲人情的另一面。

先入为主的第一印象，通常是很难改变的。而这种刻板印象也往往会让人一叶障目。这一点，我们务必注意。

有句俗语叫"情人眼里出西施"，只要是"喜欢的"，即便是缺点也会觉得好；相反，心存"厌恶"，就会对优点视而不见，越看越烦。

你不妨试着找一找让你厌恶的上司身上的优点吧，这非常重要。观察是非常有趣的事情，动物界亦是如此。对于奇妙的、不了解的对象，进行悉心观察，你就会发现："哦，居然有这一点……""太意外了，他居然也能为下属着想……"

这是让我们更加深刻和深切的体验。

每个人，其实都有着很宽阔的空间。让人厌恶的上司，会促进自己的成长，所以这样的上司或许就是一剂良药。当然了，也有一种情况："无论怎么观察，都找不出闪光点。"若遇到这种情况，你就尽量保持距离，仅限于事务性的接触就好。而这样的上司，反而可以激励自己。

"这种下达指示的方法，会让下属不知道如何是好，这绝对是糟糕的下达指示的方法之一，赶紧记下来……"

"哎呀，又吼起来了。身为下属，不能发火，只能冷静接受斥责。这个也得记下来……"

对方越是"出色的反面教材"，你可以学到的东西就越多。不妨保持距离，悉心观察，好好学习。怎么样，是不是堪称良药？对于惹人厌恶的上司，只是敬而远之，难免会心情抑郁。如果你心里想着"他是我的良药，一剂良药……"，就会缓解很大压力。

"见贤思齐焉，见不贤而内自省也。"即看见优秀的人，便应该向他看齐；看见有问题的人，便应该反省，有没有同他类似的毛病。

靠山靠水靠自己

沈岳明

《醒世恒言》里引用过一句话："靠山吃山，靠水吃水。"意思是说，自己所在的地方有什么，就依靠什么生活。

1634年，冯梦龙任福建寿宁知县时，曾微服去民间采风。一次，他来到一座大山中，因走得累了，想歇息一下，突然看见一间茅屋，便过去跟主人讨口水喝。在喝过水、歇息一阵之后，冯梦龙便与主人交谈起来。冯梦龙问："你身处大山，怎么生活呢？"那人说："靠山吃山呗。"原来，那人是一个樵夫，每天靠把从山上打的柴挑去集市上卖了，换来一些微薄的收入生活。

随后，冯梦龙又遇到一个富户。冯梦龙觉得奇怪，这么偏远的山区，居然还有这么富有的人，于是问那人："你身处大山，怎么生活呢？"那人说："靠山吃山呗。"原来那人在山区开了家旅店，专门接待来此采风的文人墨客，结果赚了大钱。

还有一次，冯梦龙来到海边采风。在观赏了大海的风景之后，他随意上了一条小木船。冯梦龙问木船的主人："你住在水边，怎么生活呢？"那人说："靠水吃水啊。"原来，那人是个打鱼的，每天划着这条小木船，沿着风小的海边打捞一些小鱼小虾，拿去集市上卖了，勉强度日。

随后，冯梦龙又遇到了一条大船，便问大船的主人是怎么生活的。大船的主人也说是靠水吃水。原来，那人是专门做货运生意的，靠着这里丰富的水运资源发了大财。

回到县衙，冯梦龙写了一句话："靠山吃山，靠水吃水。"可是，刚刚写完，又觉得不妥。为什么都是靠山吃山，靠水吃水，有的人生活得好，有的人却生活得不好呢？随后，他又写了一句话："靠山靠水，不如靠自己。"因为他觉得，虽然从表面上看，大家都是靠山吃山，靠水吃水，但其实都是在依靠自己的本事吃饭。

苦尽甘来

遇到困境，大力开门

〔美〕盖伊·温奇

要是你胳膊上有个伤口，你不会说："啊，我知道！我要拿刀看我到底能捅多深。"但是，我们经常如此对待心理伤害。最常见又最不健康的习惯之一，就是事后反复咀嚼回味一件事。

比如，你的老板冲你发脾气了，或是教授在课堂上让你感到自己很愚蠢，或是你和好朋友吵架了，然后你不断地在脑海里回放当时的情景，好几天，甚至好几周都不停。

反复回味不愉快的事，很容易变成习惯，而这个习惯的代价很大。你会不知不觉地浪费大把时间，还可能会导致饮食失调，诱发抑郁症，甚至心血管疾病等。最要命的是，那种反复回味的需要会变得非常强烈、非常紧迫，以至于你习惯了这种感觉，哪怕知道这样不好，也无法阻止自己去反复回想。

分享给你一个小技巧：倒数两分钟，花这两分钟时间去思考任何一件别的事情。研究表明，哪怕只是分心短短两分钟，都足以打破那一刻你反复回想的需求。

所以每次当我担心、烦恼，或出现负面情绪时，我就强迫自己专注于其他的事情，直到那种感觉过去。

祖鲁人法则

刘诚龙

吉姆是英国的渔业大王。在此之前，他炒股，与人合办了一家房地产公司，还投资开了金矿，成为一个富翁。但是他破产了。

吉姆东山再起，他不是从炒股、房地产、金矿上"咸鱼翻身"的，而是从渔业上。20世纪70年代，鲑鱼在英国是一种极其名贵的鱼，价格昂贵，利润高得惊人。吉姆在苏格兰买下了几千米长的一段河流，他对这段河流中其他的鱼视而不见，只对鲑鱼有兴趣。他广泛涉猎书籍，多方请教专家，研究鲑鱼的习性，了解鲑鱼如何产卵，学习怎样进行人工培育……随着他对鲑鱼的了解越来越深入，鲑鱼给他带来的收益也越来越大。以前，人们每年仅能捕到20多条鲑鱼，吉姆投资鲑鱼的当年，就比别人多捕了140多条。后来，他每天都能捕到十几条，日进斗金。吉姆再次成为引人瞩目的富翁。

有人向吉姆讨教成功之道，吉姆微笑着说："鲑鱼是我的致富之因，祖鲁人法则是我的致富之道。"什么是祖鲁人法则呢？吉姆解释："祖鲁人法则是祖鲁族对人生和事业的取舍之道。主要意思是，与其用一根粗大的铁柱来钻厚重的木板，不如用一枚小铁钉。只要你选择一个比较小的课题钻研下去，你就会成为这一领域的行家里手。"

"弱水三千，只取一瓢饮。"任何一项事业都是博大精深的，如果你做不到博而大，那么你就可以试试精而深。比如吉姆所从事的鲑鱼产业，外延可以不断扩大：鲑鱼的外延是河鱼，河鱼的外延是鱼类，鱼类的外延是脊椎动物，脊椎动物的外延是动物……每一次外延的扩大都意味着成千上万个课题的扩大，以人有限的智力和精力，是难以对所有动物都全面了解与掌握的。如果掌握不了所有动物，那么你就可以试试去研究脊椎动物；如果这也不行，那么你就可以试试去研究鱼类；如果这还不行，那么你就去研究河鱼；如果这样你仍然做不到，那么你去研究鲑鱼就行了。宝剑与钉子锋利，是因为其剑刃与钉尖锋利。任何一项事业，你研究的范围越小，你成功的机会就越大。

很欣赏一句广告词：深入决定深度。人生要想成功，不能贪大贪博，而要求精求深。深度倒过来就是高度，行家顺过去就是大家。

让桌面保持整洁

〔日〕美崎荣一郎　严可婷　译

从桌面到抽屉,统统乱成一团,这是许多人常见的毛病。为什么你不能有整洁的办公桌呢?因为混乱正是忙碌的象征,你根本来不及整理,就必须投入新的任务。于是在不知不觉中,就陷入了"忙碌—没空整理—工作效率更低—更加忙乱"的恶性循环。

要斩断这种恶性循环,请试试"将桌面归零"。

把桌面及四周堆满的杂物,全部毫不犹豫地打包装进纸箱或纸袋里。别怀疑,这是应急的方法,只要你把现在用不到的东西挪到视线范围以外,就能提升工作效率。

当桌面乱七八糟时,不仅要用的东西常被淹没,你还得花时间翻找。现在,如果你仍然需要这些东西,那么再从箱子或袋子里把它们找出来也不迟。

或许有人觉得,翻箱倒柜也要花时间,这跟从乱七八糟的东西中找到所需物品差不多。但是,现在你可以一眼看到待处理的急件、随时要查阅的资料,效率肯定会迅速提升。

原先堆在周遭的东西,不是每样都非留不可。7天内一次都没用过的东西,根本不必放在桌上。

你可以定期检查，留下最近要用的东西，然后再考虑如何整理它们。

接下来要教你"归位的方法"。选好要留在桌上的东西之后，很多人会全部摆回去，正好将桌面塞满，这可不行。要记住，桌上只能摆到八分满。如果一开始就把桌面和抽屉塞满，那么将来新的东西根本没地方放，更不必说收纳或整理了。请谨记"80%原则"，因为新的东西增加的速度是非常快的。

还要注意"固定东西的位置"，这点非常重要。如果你养成习惯——笔放在这里、橡皮放在那里，知道每一件物品的位置，那么使用时就能轻松拿到。

蚂蚁搬家

全身心投入

〔日〕松下幸之助　胡晓丁　译

有句话叫作"三天的帮手"。

这句话是说，即便是帮别人工作三天，也要以将这份工作视为终生职业的态度，每时每刻都全力以赴。

只要有这种认真的态度，就能够超越三天的期限，超越帮手的范畴，让人受益匪浅。

因为只是帮忙，做的时候就会适可而止；因为只有三天，做的时候就会有所保留。这些想法都是人之常情。不过以这样的态度，是无法真正投入工作的。

这样做的后果，是工作粗心马虎，帮忙的一方徒有虚名，被帮的一方无法收拾。既无工作的喜悦，也无劳动后的感激，对双方都是巨大的损失。

能够做到全力以赴帮三天忙的人，无论何时，无论工作多么不起眼，都可以全身心投入。

这一点本身就非常可喜，而这样做的结果，也能使双方受益良多。

如今，很多人别说帮忙，就连做本职工作也是草率行事。因此，在内心深处，我们需要静静地反思，需要体味所谓"三天的帮手"的真正内涵。

即答力

〔日〕松浦弥太郎　刘　欣译

我曾经与全球领先的咨询公司的员工进行交谈，讨论的话题是"公司需要什么样的人才"。最后，我们得出的结论是，公司需要可以将"坚持自我主张"和"接纳对方的灵活"平衡好的人。

也就是说，一个人如果同时拥有合群与独立两种品质，一定是很好的事情。这两种品质让他既能在团队中与其他人共事，也有不向任何人服输的精神。这种人能够根据实际情况，参与团队合作或独立完成工作。用一位人事工作者的话来说，公司想要的是"善于接抛球"的人。

像打棒球一样，当我们对他人的需求即刻做出回应时，如果抛出一个速度极快、威力极大的球，那必定无法和对方实现良性互动。要想将球投进对方手中，就要投出容易被接到、让对方感到高兴的球，这也是即答力的一部分。接抛球应当给参与者带来愉悦，如果产生不快或压力，就会令人困扰。不过，如果对方明确要求你抛出快球，那就必须按对方的需求去做。

对别人的要求进行即刻回应时，人们容易陷入固执己见的状态；或者不论对方说什么，我们都给出否定的答案："不，我不一样。""我有不同的意见……"这样一来，就算好不容易进行了即答实践，对方也不会再次将"球"抛给你。想办法让对方继续把"球"抛回来很重要。

灵活地听取对方说的全部内容，巧妙地表达自己的意见，不让对方感到不快，这才是柔和、优质的即答力。

如果用尖锐的回应令对话中断、交流终止，不论你的反应多么迅速，也没有任何意义。

马上启程

珍惜三五人

冯 唐

我讲个亲身经历的事。

当年在麦肯锡，我升到了合伙人的位置。

这是蛮有人情味的一刻，很多人来向我祝贺。我当时收到了五六件小礼物，比如一瓶酒、一个本子、一本书等，还有近十封信，其中一封令我印象深刻。

一位老的资深合伙人用英文写了一封信，解答了我一个很大的困惑，就是人类幸福的根源是什么，特别是在职场中。他引用了一位诺贝尔奖得主的话，那个人研究人类的组织行为学，认为人类的幸福来自两个方面：第一是人，就是和自己喜欢，同时也喜欢自己的人在一起工作；第二是事，做自己擅长又喜欢的事。

这位老合伙人在信里跟我阐述：你擅长的事有可能不是你喜欢的事，你喜欢的事有可能是你不擅长的事。如果不得不挑，你是做自己擅长的事，还是做自己喜欢的事？

那你还是做自己擅长的事吧。因为慢慢地，来自别人的、社会的正向鼓励，会让你认为自己擅长的事也是自己喜欢的事。

如果非要挑，是和自己喜欢的人在一起，还是和喜欢自己的人在一起？

他说他挑的是和喜欢自己的人在一起。如果不得不做这个选择的话，标准答案可能不止一个，这只是一位有智慧的麦肯锡老合伙人给我的建议。

还有一次，我和一位老领导去中国台湾进行有关经济方面的访问，我担任他的秘书。我们在酒店门口抽烟，当时门口只有我们两个人。那时，在他的职业生涯中，他已经做了很多大事，我问："您下一步还有什么想做的事，这辈子还有什么更想做的事？"他抽完一整支烟，一直在想。

他说："我非常想再过十年就退休，咱们在一栋房子里，房子有可能是你的，也有可能是我的，最好有个露台，要不然有个院子也行，不用特别大。我们四五个人一块儿吃点儿小菜，喝点儿酒。喝酒的时候，想想当年的壮勇，说说当年我们干过什么特别畅快的事，有哪些特别难的时候，哪些我们忍过了，哪些我们拼过了，然后我们变得很开心。"

曾国藩有一句特别简单的大实话："危险之际，爱而从之者，或有一二；畏而从之，则无其事也。"

从外号叫"曾剃头"的曾国藩嘴里听到爱，真是很神奇。他非常坦诚地说，在真正危难的时候能跟你走的，一定是爱你的人，那些怕你的人，绝无一丝可能跟着你走。

以我的定义，贵人不是有钱人、有权人，不是在你遇到事情时帮你平事的人，而是在暗夜海洋里为你点亮灯塔的人，是在你摔断腿之后能为你当拐杖的人，是在你非常不开心的时候像酒一样的人，是你渴了很久之后像水一样的人。

结交贵人太重要了。珍惜这么三五个人，一辈子。

人生一世，起点都是"哇"的一声坠地，终点都是"唉"的一声离世，生不带来，死不带去，中间的构成就是时间，只有时间。

性情中人明白，人生没有终极意义，如果有意义，就是那些过程中的好时光。

低球技巧（外一篇）

〔日〕神冈真司　黄少安　译

人们会在不知不觉中被他人掌控，这种情况屡见不鲜。

人们最容易被低球技巧所骗。低球技巧又称"虚报价格技术"，是社会心理学中的顺从技巧之一。它指先向对方抛一个好接的低球，让对方觉得"这也太好接了"，然后不由自主地一直接下去。

当你为好不容易买了一个便宜的电动牙刷而沾沾自喜时，发现与之配套的替换刷头贵得离谱。当你买了一台物美价廉的打印机，却发现替换硒鼓意外的昂贵。其中，商家就运用了低球技巧。

通过商品本身低廉的价格引诱顾客，此时就算配套的消耗品价格再高，也会让消费者有一种"算了，就这样吧"的感觉。其实，这是一种欺瞒性的商业手法。卖家就是通过这样一种方式，从源头开始便玩弄买家。

房产中介经常会说："这是今天刚刚开始公开出租的、价格实惠的、品质优良的房子。采光特别好，交通又便捷，您要是不早些做决定的话就会被别人租走了。"租客听完便会马上签约。

而租客入住以后才发现，雨天时屋顶的雨滴声异常吵闹。这才明白，他已成为商业手法里的套中人。

当租客向房产中介投诉时，对方也只会轻描淡写地说："唉，一分钱一分货嘛。"

此时，租客也会开始觉得，雨天以外的日子，这房子采光好，位置也不错，"算了，就这样凑合吧"。

在车站前领到1张"鲜啤1杯100日元"的优惠券，此时你心里会想"这也太好了吧"。领完券后，你去了那家店，结果发现菜单上其他菜品都很贵。你一定也遇到过这种情况吧。

这时，就算菜品贵了点儿，但如果味道还不错的话，你也会产生"算了，就这样吧"的想法。

在职场上也经常会有人上低球技巧的当，陷入被人控制的局面。

快下班时，上司说："可以加会儿班吗？就30分钟。"然而当你答应之后，分到的工作量别说30分钟，就算1个小时都做不完。

人们一旦答应了一个比较容易做到的请求，即便后续的事情相对困难，也会出于本能坚持做完。

扬长避短

在人类的记忆里，最后听到的往往能留下最深刻的印象。

在果蔬店门口，当你听到"卖新鲜草莓喽！虽然价格有些贵，但这是天下第一美味的草莓哦"时，往往不会再介意它的价格偏贵。

在向父母介绍自己的男朋友时说："他虽然长得有点儿丑，但是很温柔啊，在灾后重建时还去做了3个月的志愿者呢。"如此一来，男朋友留给父母的就会是一个富有奉献精神的青年的印象。

在描述一个人时说："那家伙虽然人挺好吧，但是特小气。"这样的介绍就会给人一种那个人特别抠门儿的感觉。而如果说："那家伙虽然有点儿小气吧，但是人挺好的。"这就会让人觉得他是一个勤俭持家的好人。

无论是谁都有好的一面和不好的一面，先说不好的地方，再说好的地方，这样就能让人对好的一面留下更深刻的印象。

这一原理叫作近因效应，在面试时尤其能发挥作用。

面试官（苦笑）："呃，你的学习成绩实在是糟糕呢。几乎都是'合格'，只有3门课的成绩是'优'。"

学生："正如您所说，我的学习成绩确实不好。但是，我认为在大学里需要学习的远不止课本上的知识。在大学4年里，我以发展中国家为主，先后到25个国家游学，共计856天，亲身感受了当今世界的现状和国家之间的差距。我想，为新兴国家的发展做出贡献，对今后的综合商社来说，也是一个重大的使命。"

面试官："啊，那你还挺坚强、挺有毅力的。确实，我们有很多业务都在发展中国家。"

像这样，尽管面试者有着明显的缺点，但是在随后的表达中强调优点，也能给对方留下一个整体不错的好印象。

轻松无法成为坚持到底的动力

〔日〕鹤田丰和　　曹倩 译

"每天只用佩戴5分钟。""每天待在上面15分钟就能减肥。""光靠听就能学会英语。"……大家有被这样的广告打动过吗？自己想做的事情轻轻松松就能实现，似乎真的充满了吸引力。人们往往会这样想：这么容易就能做到，我也要试试看。但实际尝试后，大部分人都无法坚持下去。

我曾经也买过"光待在上面就可以瘦"的减肥工具，当时，我觉得这样我就可以一边看电视或听音乐，一边瘦下来了。然而，我买回来没坚持几天就放弃了。这么一件"仅仅待在上面就可以"的工具，却让我感到非常痛苦。我的朋友还买过一把坐在上面就能改善坐姿的椅子。因为他觉得这把椅子似乎能帮助他在吃饭或办公时改善坐姿，但后来他连坐这把椅子都懒得坐，想改善坐姿的计划也以失败告终。

从表面上看，"轻松""简单"极具有吸引力，会让我们产生很容易坚持下去的错觉。其实，轻松无法成为坚持下去的动力。光是靠轻松做事，动力根本不够，最重要的还是自己能否享受过程。因此，想坚持做一件事时，我们不需要下决心坚持不懈地去做，而需要先思考"如何才能愉快地坚持下去"。这才是一个人告别半途而废的诀窍。

一定要记住，轻松和简单能让我们坚持下去其实是错觉。

人生缓冲区

梁永安

一个人在年轻的时候,和这个世界的关系是很朦胧的。所以这个时候,你应该和社会,也应该和自己保持一定距离,不要急着下判断性的结论。这个间隔带,我认为就是思想的活性的生存带。

我们准备投入这个世界的时候,在打量现实的时候,不要一下子贴太紧,要给自己一个沉淀的缓冲区。不要轻易把青春期的反叛锐化成不可调和的矛盾,这样对自己的伤害会很大,要学会和外界保持一点儿距离,同时给予自己一份体贴。

现在的年轻人,成熟得非常早,他们在十几岁时获得的知识和信息,可能比一个古人在 60 岁时知道的还多。但另一方面,现在的一些年轻人在生活上是幼稚的。有时我们要学会倾听,而不是急着做决定,倾听社会的声音、倾听他人的声音、倾听自我的声音,不要急着去"达成"——其实不仅对学生,对成年人也是一样,我们都需要一个间隔带。

因为世界如此丰富,而人永远幼稚。

警惕：23种榨干时间和精力的生命水蛭

〔美〕罗伯特·帕利亚里尼　　吴书榆　译

所谓生命水蛭，是指会吸干时间和精力的活动和情境，到最后，这些东西会榨干你的生命力。我们的工作就是保护自己尽量远离生命水蛭，但你也无须因为生命中有水蛭而抓狂，被一两只水蛭咬住而流点血，不至于太危险，但如果有数条水蛭同时吸附在你身上，你就得在被吸干之前甩掉这些东西。

1. 电视：美国人平均的预期寿命是多少岁？答案为77.8岁。但其中睡眠和工作时间占了31.3176万小时，因此，我们的人生只剩下36.8352万小时，等于42年。想一想，看几小时的电视好像没什么大不了的（多数人每天看4.25小时的电视），但如果你一天真正拥有的不过是8小时（指工作之余的时间），花两小时看电视占你一天生命的比例一下子就蹿升到25%。下一次，当你开始心不在焉地换频道时，请自问，你是否真的想要把一天中25%或是50%以上的时间投资在看电视上面。

2. 新闻癖：我太太有一个坏习惯，她喜欢在每晚入睡前，在床上看本地所有的夜间新闻。她一直保持这个习惯，直到有一天我坚决反对，告诉她够了。还好，她说她会试试几晚不看会怎样，结果是她再也不想看本地夜间新闻了。问题不在于睡前看新闻，而在于这个时段播的是五花八门、形形色色的琐事，完全是浪费时间。

3. 互联网和社交网站：网络很狡猾，因为不管你想在网上做什么事，总是会分心。有多少次你心想"我只是来查一个东西"，但一小时之后你却发现自己泥足深陷，读着某位博主写的有关某位明星的评论文章。不管你的关注点是什么，网络里分散你注意力的事物多得很。

4. 完美主义：什么事都要做，而且每一件事都要做到"完美无缺"，这是一种可怕的病态。完美主义不仅会榨干你的时间和生命，也会让身边的人抓狂。

5. 追求极致：这个概念因为巴里·施瓦茨的著作《无从选择》一书而风行一时。为了追求极致，你心中怀着要找到"最好"的目标，因此必须分析、比较每一个选择。若追求知足常乐，你就会限制选择数，接受第一个让你满足的选择。追求极致和忧郁、后悔息息相关，而且人们通常会觉得最后的选择也没那么让人满意。

施瓦茨建议，我们首先要认识到什么东西最重要，以及真正想要的是什么。一旦有任何选择满足你的标准，就立即停止搜寻和比较，把目光放在这个选择的正面价值上，向前迈进。

6. 杂乱无章：在这个星期，你因为找钥匙、文件、电子邮件而浪费了多少时间？信息量过大要求你想办法制定出一套搜寻和有序储物的方法。

7. 健康：说到什么因素会毁掉计划周全、保证效率的日程表，最严重者莫过于生病。要想保证效率和生产力，还要享受生命，你必须神清气爽地面对每一天。

8. 说长道短：茶水间的闲言和"你有没有听说"后面接的那些话，不仅浪费你的时间，更会危及你的名声，消耗你的生活能量，对于那些成为谈资的人也是一种伤害。

9. 追星：花大把的时间和精力沉迷于名人的世界，关注别人的生活远远超过自己的人生，是很不值得的。

10.电玩游戏：我认识的很多人把一天剩下的8小时，大把大把地浪费在打电玩游戏上面。那"嗒嗒"声并非来自你正在玩的游戏，而是你的人生正在被吃干抹净的声音。

11.色情：如果你花了很多时间去观看成人影片，你得戒掉这个瘾。没错，网络色情跟毒品一样容易让人上瘾。

12.不停回应：你是否觉得自己就像皮球，当你蓄势待发要往前冲时，却总是被弹向完全不同的方向？不管干扰是来自短信、微博还是电子邮件，四面八方的信息如排山倒海般向我们涌来，我们越来越习惯于回应每一次干扰，仿佛这是性命攸关的事。我们无法过滤信息，也无从分辨什么是真正重要的，什么又是毫无意义的，这占用了原本应该花在真正重要且有意义的事物上的时间和精力。

13.接电话：这件事本来可以放在"不停回应"部分，但是这件事很重要，所以我想单独列出来。很少有事情会像接电话的干扰这么严重，让你完全从工作上、对话及思考中分心。你正忙着当天的工作，居然有人认为你应该放下手头的一切来和他讲话，其实完全可以等到自己方便时再回电。

14.抱怨：不管是你自己抱怨或处于别人的抱怨当中，都会危害你的幸福和成就。如果你已经养成了抱怨的习惯，不仅会感染别人，还会损害自身的幸福快乐。就像"二手烟"一样，就算你自己不爱抱怨，光是和那些发牢骚的人相处就可以影响到你。

15.阅读：为兴趣而阅读并非浪费时间，但如果你强迫自己没有任何目的地去阅读，那完全是在浪费时间。

16.会议：不管我们到哪里，总是逃不开会议的魔爪，可惜其中大多数都是在浪费时间和金钱而已。

17. 开车：有越来越多的人把宝贵的时间花在开车上面，这些驾驶时间通常都被视为无用时间。

18. 拼车：这种方式最省油，但途中他们对自己的同事说长道短、抱怨管理层什么都不懂、聊聊前一晚的比赛……基本上，他们一周几乎要闲谈 8 个小时。

19. 做超过必要的事：我有一个朋友抱怨他太太晚餐总是烧一大桌菜。他说他太太每天晚上至少花一个半小时的时间准备晚餐，餐后由他花不少于 45 分钟的时间来清理。他说这变成了负担，夺走了他们可以一起去做别的事的宝贵时间。不要鞠躬尽瘁地去做根本没有人重视的事。但是，你怎么知道他们重视什么？直接问！你劳心劳力的成果，多数人可能根本都没注意到，那你为什么不替自己省点时间，用来做自己喜欢或他们重视的事呢？

20. 想办法改造他人：一个人想要改善自己的人生，克服种种困难，这是好事。不幸的是，愿意改变自己的人太少了，我们花很多的时间和精力去改变别人，远远超过尝试提升自己生活品质的努力。当然，这种事通常都以挫折和失败收场。

21. 升级：升级的内容从最新的手机、跑车到电玩游戏软件，无所不包，它不仅会浪费你的金钱，也会浪费你的时间。

22. 替工作狂卖命（加班）：如果你刚刚开始职场生涯，你得一周工作 50 到 60 个小时才能引起别人的注意、完成专案或是争取到更多的机会，这是新人必经的学习过程。相反，如果这不是你的梦想，或是已经投入了时间却完全得不到认同或回报，可能就需要做些改变了。

23. 睡觉：我们的人生有 1/3 时间都花在睡觉上，这表示人大概有 25 年都处于不省人事的状态。多数人的睡眠时间不够，但也有人睡得太多。你怎么知道自己睡得够不够？试试一个晚上睡 8 小时，然后看看自己感觉如何。之后，你以 15 分钟为单位逐一缩短睡眠时间，每个星期实行一种新的睡眠时间，如果觉得一整天神清气爽，而不是老打哈欠，你就知道自己找到最适当的睡眠长度了。如果你在下午时段精神不济，你可以试着晚上少睡一会儿，在白天补上这个时间。这样一来，你就不用强打精神硬撑了，毫无效率时，也不过是在浪费时间罢了。

慢煮生活

第 3 章

你并不在孤岛

孙悟空为何需要神仙相助

陈思呈

重读《西游记》，突然发现，孙悟空从花果山到取经路上，正好是一个人从孩童到成年人的心路历程。

他的花果山岁月，宛如我们儿时常玩的游戏。"你看他一个个：跳树攀枝，采花觅果；抛弹子，邷么儿；跑沙窝，砌宝塔；赶蜻蜓，扑蚂蜡，参老天，拜菩萨；扯葛藤，编草帙……"抛弹子、邷么儿，就相当于我们小时候玩的丢石子游戏；跑沙窝和砌宝塔，类似于我们玩的跳飞机。这个时期的孙悟空，很多的英雄行径都带有孩童式的无赖。

略举两例。

一是他学艺归来，发现花果山旁边的混世魔王欺压他的猴子猴孙，于是前去理论。两人首次对决，孙悟空赤手空拳，身长不足四尺，为公平起见，两个人空拳对打。孙悟空是怎么打的呢？

那魔王被悟空掏短胁，撞了裆，扭了几处筋节，打得重了。这完全是孩童式的打法：掏胁下，撞裆下，都颇为无赖。把混世魔王打死，也不过是孙悟空大开杀戒的一个小小插曲。

第二个例子是他去东海龙宫。说是"借"兵器，但看中了定海神针之后，又想"借"一套披挂。东海龙王说这个我真没有了，孙悟空说："真个没有，就和你试试此铁（指刚到手的金箍棒）！"这里的无理取闹更是明显。

而随后发生的全书第一个高潮——孙悟空大闹天宫，就是他这种孩童式胡闹的一个巅峰。

孩童的头脑和心性，超人的能力和武艺，这两者结合在孙悟空身上，形成了一种可怕又迷人的矛盾。所以他用这种矛盾的力量去闹天宫，效果当然惊天动地。

他大闹天宫的举动同时获得了成人和孩童的同情及欣赏。孩子们很理解孙悟空，因为他有能力为自己出气，有任何不满和委屈，都能用最放纵的方式解决，非常解气。成人们羡慕孙悟空，他不计后果的样子，很像自己心底那个向往却不可能成为的自己。他不计后果的背后是什么？是他超乎寻常的能力。

孙悟空不拘礼数，从不应酬，在被压在五行山下之前，过的是真正的"不知天高地厚"的生活。他以为有绝技傍身，得罪任何人都不要紧，他无赖又自私，虚荣又暴躁，一身的毛病。

但被压在五行山下之后，他的心性终于来了个180度的大转变。

等他成为取经团的一员，我们发现，他走到了以前的对立面。

他被纳入主流，成为一个"又红又专"的专业人才，服务于天庭、人间和佛界。他的事业有了"红头文件"，得到多方支持。他所对抗过的六耳猕猴、牛魔王，甚至白骨精，本是他昔日的同道中人，但他们因为留在妖界，最终成为他的敌人。

取经路上的孙悟空，经常无意识地以自己在"妖界"的身份为耻。比如三打白骨精之后，他被唐僧赶走，回到了花果山。待到猪八戒去花果山把他请回来，他走到半路，还要下海去净净身子，声称回来这几日，竟弄得身上有些妖精气了，担心师父是个爱干净的，会嫌弃他。

人们常问：为什么在取经路上他常常需要借助各路神仙的帮助来收服

那些妖怪？

因为取经路上的孙悟空，已经是一个团队中的成年人，不再是大闹天宫时单枪匹马的个体了。

成年人在职场上最需要的是什么呢？是资源。个人的业务能力固然重要，人脉、资源等也不可或缺。

在镇元大仙那里毁了人参果树那一章，孙悟空借着要救活人参果树的缘由，到蓬莱仙境找了福禄寿三星，到方丈仙山，找到东华大帝君，又来到瀛洲，找瀛洲九老。孙悟空天南地北走了一圈，这一圈，除了是一次对人参果的宣传，更是与仙界牛人们的联络之旅。孙悟空的人脉资源，通过这事件汇聚起来了。

取经路上的孙悟空，口头禅依然是"何必在他人喉下取气"，但他此时的高傲是因为有了主流社会做后盾，不羁只是一个姿态、一种外在的形式。一切的性质都在改变，他已经是一个人情练达的成年人了。

借力，也是一种能力

崔璀

快要直播了，我才想起直播大纲还没有敲定，追问起来，负责此事的同事支支吾吾地说："我对内容还不熟悉，进度有点慢了。"

我看了一眼大纲，他何止不熟悉，基本等于没写。

我一着急，发了一通火。他的主管拉了拉我，说："他刚来，也算尽力了。"

我问主管："他不熟悉工作，那他向你寻求帮助了吗？"

主管摇摇头："但他很认真，连续加班好几天了。"

这话更是火上浇油，我生气地说："这就叫作没有尽力！"

我们只得临时赶工，最终顺利做完直播。事后，我把主管和那名男生留下来，给他们讲了一个故事：一个小男孩在院子里搬一块大石头，石头太重，他搬不起来。小男孩对爸爸说，我已经尽力了。他爸爸说，你没有尽全力，因为，你还没找我帮忙呢。

男生欲言又止："但是找别人帮忙……"我知道他想说什么，我曾经也像他一样。我刚入职场时，有一次要参与撰写一篇行业分析稿，每个编辑写一部分，给我分配的是关于体育行业的内容。这我哪里懂啊。时间紧迫，我找到体育行业一个熟识的记者，他为我提供了素材，让我顺利地完成了这部分内容。评审会时，好几个同事交不出稿件，理由是资料的线索太多，需要好好梳理。我当时慌急了，感觉就像在一群好学生中，只有我不务正业、投机取巧。

出乎意料的是，老板看了我的稿子，非常高兴地评价："又快又好！"

同事们不屑地说："原来假手于人也行啊。"我脸红得抬不起头来。

老板看了他们一眼，说了一句话："借力，也是一种能力。"

同事们不以为然，但我牢牢记住了这句话。

很多职场中人就像那个搬石头的小男孩，特别努力地解决问题，努力地扛起责任，唯独不会努力地"借力"。

原因之一，是想不到这种方法，或者从心底不认同这种方法，觉得这是我自己的事，麻烦别人，显得我很无能。但真要说无能，莫过于自己忙活半天，事还没做好。

除此之外，还有一个原因：不知道怎么借力。

借力可以靠"说"，借力也可以靠"做"。

我有个负责运营的同事，原来做线下活动，人手总不够用。他自己吭哧吭哧干半天，实在不行才找别人："我这边有个活动，能不能请你帮忙，借我两个人。"

最终别人为难，他也觉得委屈。后来，我让他换一种方法试试。

在活动筹备期间，对需要的人说："嘿，我这边有个活动，可以帮你们涨 2000 个粉丝，只需要你们出两个人。"

把"我找你帮忙"，变成"我来帮你的忙"。真正的借力，不是求助，是互助；不是剥削，是告诉对方，我来给你送福利了。向他人借力，就要给对方一个无法拒绝的理由。

还有一次，文案组需要搜集大量的案例作为写作素材。其中一个同事边吃外卖边翻各种网页，加班加点地找，愁眉苦脸。但我知道，以他的精力和视野，很难创造惊喜。而另一个同事除了找案例，还会划出预算，在线上做有偿征集。每周一下午，她会点一些下午茶，将同事们聚在一起。大家聊着天，既筛选了案例，又共创了文稿。

她在这一过程中，不仅维系了关系，还设计了征集规则，多维度地解决了问题。我忍不住在心里感叹："真有办法啊。"

不管是说还是做，其实都是思维模式的升级，把"点状思维"切换到"系统思维"——从只盯着自己那一亩三分地的"点状思维"，升级到多维度解决问题的"系统思维"。

所有行为改变的背后，都是一次思维方式的跃迁。下一次，当你手忙脚乱，觉得无论自己怎么努力都无法完成工作时，请一定想起这句话：职场中，借力也是一种能力，在某些时候，它甚至比执行力更重要。

越孤独，越离群

米 哈

曾任美国第十九任公共卫生署长的维伟克·莫西医生在《当我们一起》一书中，谈到孤独对人的心理与身体所造成的伤害，而多数人不知道，孤独感原来是一种来自人类远古祖先的保护机制。

莫西引用被称为"孤独博士"的认知神经科学家卡奇奥普的观点指出，人类今时今日的孤独感，并不始于现代都市文明，而是始于我们的祖先。从古到今的孤独感，意味着同一件事：危险。

在二十一世纪，孤独感未必指向即时的、致命的危险，但可以想象，当远古的人类祖先独自一人走在草原上，被野兽或敌对部落杀害的概率便会大大提高。于是，当人们感到孤独时，生理上会激增压力荷尔蒙，心理上变得敏感、烦躁，甚至会失眠。这本来是祖先为了提高存活率而生成的机制，但到了现代，便成为我们的心理与生理问题（持续增加的压力荷尔蒙会对心血管系统造成严重压力）。

换言之，孤独感就如饥饿感，是与生俱来的保护信号，提醒我们要正视相应的问题，前者是人身安全的危机，后者是对食物的需求。但这两个机制有一个结构性的分别：当感到饥饿时，我们会主动寻找食物；当感到孤独时，我们却不会去寻找联系，甚至会刻意避开它。

孤独的吊诡机制，是为了令人类在微小的威胁下，也时刻保持警惕，不至于陷入因集体依赖而变得弱小的坏循环。然而，到了当代的"原子化社会"，这种越孤独越不会寻找联结的进化倾向，便造成更加严重的集体孤独。

当你发现自己常常拒绝社交邀请，或在通讯群组中不再回复信息，这很可能意味着你正在掉入越孤独越离群的怪圈。请记得：孤独感，是人类进化机制的保护信号，我们不但需要正视它，更需要懂得关掉这个长期闪亮的警告信号。

远离是非

职场"塑料友谊"

青 丝

国外有人创作了一幅画：在宽阔无边的海洋中间，无数身着职业装的男女，脚下只有一小块仅能立足的陆地，但他们彼此互不相连。这幅画是职场中人际关系的一种隐喻，即梭罗所说的"廉价社交"。从表面上看，人与人之间的关系紧密，但实际上，每个人都是一座贫瘠的孤岛。

职场情谊是人际关系中最复杂也最奇妙的一种形式。因为大家既无法回避这种关系，又不能自己挑选要交往的朋友。在这种充分竞争的开放环境中凝聚友谊，犹如搭建一座纸牌屋。然而就像斯坦福大学教授珍妮·奥德尔在《如何无所事事》一书中所说，现代人生活在崇尚交际和持续联系的文化里，不合群的人会被看成失败者或情商较低的人。于是，像"永不凋谢的塑料花"般的"塑料友谊"，便有助于人们包容彼此在现实中的差异性。

职场学在当今是一门显学，在书店的显眼处，总是摆放着各种关于职场生存法则的热门书籍，它们用无数成功或失败的事例，总结经验教训，教导人们如何维持"塑料友谊"，作为职场社交模式下的最低消费。网络平台上的各种短视频里，主播们也是声情并茂地诵读着那些带有浓浓市井智慧的箴言妙语，倡导不必苛求事事完美，也能成为极其出色的职场人。

不过，如果以为用同一个剧本，便能引领所有人入戏，那无疑将职场想得太容易了。不同的人投身职场，就像下飞行棋时抛骰子，被抛掷到一个不受自己操控的棋盘当中，不论本人如何努力，总会遇到一些同理心匮乏的反面角色。北宋时，刘攽拿初入职场的同僚蔡确开涮，当着众人的面给他起外号"倒悬蛤蜊"。蔡确是福建人，闽地称蛤蜊为"壳菜"，反过来读与"蔡确"谐音。蔡确内心衔恨，但作为小字辈又不敢出声抗争，直到多年后做了宰相才向对方展开报复。

有心理学家发现，华尔街的金融领袖在心理变态指数上得分很高，同时情商又低于平均水平线。也就是说，很多心肠并不慈善的人，在职场中反而更容易跻身高位。

清末，袁世凯与张謇同在淮军名将吴长庆麾下任职。张謇比袁世凯大6岁，又是状元出身，袁世凯与其见面总是自称学生，尊张謇为夫子。后来，袁世凯做了山东巡抚，改称张謇为先生，自称后学。当他更进一步做了直隶总督时，开始称张謇为仁兄，自称愚弟。

张謇受不了这种"塑料友谊"，写信讥讽袁世凯，大意是：足下每次升官，我的地位便随之下降，以后你若再升一级，便不知要如何称呼我。对那些精于权谋的职场驭人者，想要维持"塑料友谊"也不是一件容易的事，因为你的存在，不过是别人用来实现目标的垫脚石。

梭罗很早就提出，当人们生活得太拥堵时，就无法明白彼此的价值。"塑料友谊"或许就是现代人在激烈的职场竞争中所必须承受的代价，因为没有人能够承受太多的真实。

我们应该和什么样的人交朋友

吴 军

我们应该和什么样的人交朋友？针对这个问题，巴菲特给了一种选择的方法，下面我就先从他如何挑选股票说起。

巴菲特选股票的智慧

巴菲特挑选股票的标准和绝大多数人不同。2017年4月，他的旗舰公司伯克希尔·哈撒韦在公布季报时，按照美国证券交易委员会的要求披露了所持的主要资产。在那个季度，他增持了苹果公司的股份，从6100万股增加到1.33亿股，翻了一倍还不止。

这个消息传出去之后，苹果公司的股票自然上涨；作为苹果的股东，伯克希尔·哈撒韦公司的股票也有小幅上涨，皆大欢喜。当然，根据美国证券交易委员会的要求，伯克希尔·哈撒韦公司需要给出增持苹果公司股票的理由，以免有炒作的嫌疑。公司给出的理由大致有两层意思：一是苹果公司的业务有发展前景，二是苹果公司是家好公司，值得长期持股。

很多人觉得巴菲特的话没什么信息量，因为这两条理由都是大家知道的，不然苹果公司的股票市值不至于一度被炒到万亿美元。然而，被巴菲特认定为好公司并不是一件容易的事情，因为他对好公司的标准和别人不一样。

华尔街从来不缺眼光好的投资人，比如另一位股神级的投资人比尔·米勒。他在雅虎、亚马逊和谷歌这些公司刚上市时就重仓持有它们的股票，赚得盆满钵满。但是巴菲特从来不投资这样的成长型股票，他甚至在 2008 年金融危机之前碰都不碰科技股。虽然后来开始买科技股了，但他买的基本上都是那些看上去过气的公司，比如 IBM 和英特尔。当然，IBM 和英特尔都是"现金奶牛"，每年有很高的分红，这让巴菲特能通过持有这些公司的股票获得现金，然后投资其他"现金奶牛"。

不过，稍有投资经验的人就会算出，如果巴菲特在 2007 年苹果公司刚推出 iPhone 时就投资它，到 2017 年年底获得的收益（10 倍）要远远高于同期伯克希尔·哈撒韦的其他投资回报（1.6 倍）。因此，即使今天苹果成了"现金奶牛"，未来通过股息和回购股票给投资人带来的收益，都不可能抵上过去 10 年苹果股价上涨带来的收益。

于是很多人感叹，巴菲特看不懂科技公司，放着 10 年前"青春靓丽的小姑娘"不娶，偏等苹果变成"半老徐娘"再娶。

为什么巴菲特这么聪明的人不在 10 年前买入苹果的股票呢？其实，不是巴菲特不想早入手，而是在 10 年前按照他的标准来考量，苹果公司根本不合格。那么，他考量公司的原则是什么呢？简单地讲，就是公司要对投资人好。

世界上有很多公司，它们业务发展得很快，对自己的员工很好，但是它们只把投资人当作提款机，或者放在最后的位置上。虽然每个人、每家公司都有自己的价值观，这种做法并没有问题，但是投资人的任务是获得回报，而不是理解某家公司的价值观。因此，一家公司再好，如果不符合"对投资人好"这个原则，巴菲特也不会投资。事实上，很多上市公司，上市后业务增长得不错，但是由于根本不关心投资人的利益，股价几乎不上涨，甚至低于刚上市时的水平。这些公司就是对投资人不好的公司。它们发展得再好，都和投资人无关，巴菲特这样的投资人根本不会去碰那样的股票。

巴菲特所谓的好公司有这样几个共同的特点：

第一，能够稳定发放股息；第二，有多余的现金时会回购股票（这样可以推高股价）；第三，不断提高自己的利润率，而不是将大量的利润分给员工，或者管理层直接把利润拿走。

入了巴菲特的眼并不等于能马上得到他的投资，因为巴菲特不能从一次两次的分红和股票回购中就得出一家公司真的对投资人好的结论。巴菲特要确认这家公司在经营管理上是否长期如此，并且形成了惯例。一家公司只有形成了对投资人好的文化和惯例，才能够长期持续地保障投资人的利益。

选一个喜欢自己的还是自己喜欢的

我经常用巴菲特的这种投资方法对人进行判断。如前所述，想结婚的人常常纠结一件事——找一个喜欢自己的人，还是自己喜欢的人。如果二者不能兼得，大部分人从情感上出发会倾向于选后一种人，虽然理性上会觉得前一种人的行为更靠谱。对此，每个人有自己的判断、自己的选择。不过，我知道很多人在追求一个自己喜欢的人（对方并不喜欢自己）时，总以为自己对对方好一点儿，就能够换得对方善意的回报，这种想法是非常天真的。

在人和人的关系上，本杰明·富兰克林讲过一句非常精辟的话："一个帮助过你的人，比一个你帮助过的人，更愿意帮助你。"因此，在任何关系中，我们要找的都是富兰克林所说的那种"帮助过你的人"。

当然，要真正了解一个人的秉性以及他对你的态度，并不是在短时间内能够做到的事情，即便你们在短时间内接触得很频繁。正是因为找到这种人的时间成本很高，所以一旦找到就要格外珍惜，无论对终身伴侣还是长期伙伴都该如此。

同样，一个人在选择工作单位时，应该把对自己好、能帮助自己成长的公司放在首位。我见过不少年轻人在接受第一份工作时，会挑选那些多给了 20% 薪水的公司，而不是那些能够帮助他们长期发展的公司。这就如同购买股票时只看股票的价格而不考虑它的内在价值一样。还有很多人有幸进入一个好单位，却并不珍惜，为了提高一点儿薪水就跳槽，却不看新公司是否有能力、有意愿帮助自己长期发展。一个人一旦几次看走眼，就会失去判断力。这并非因为他的智力水平不够高，而是因为他判断价值的方法彻底错了。

人的行为表现常常比上市公司更复杂，判断一个人是否值得长期结交，不妨用巴菲特的方法仔细了解一下。这样交到的朋友，大多能使我们终身受益。至于生活的伴侣，对自己好是比金钱、门第和外貌更持久的依靠。

温暖的谢幕

二向箔

几年前单位招美术编辑时,我是面试官之一。记得那次面试,小鹿排在最后一个。其他应聘者在离开前都会鞠躬,像演出时一次小小的"谢幕"。小鹿不同,离开时她提出一个请求:"我可以给各位老师画一张速写像吗?我平时喜欢在公园里写生,看到印象深刻的人就忍不住画一张送给他,不管以后见还是不见,这都是我们相逢的缘分,留一个小小的纪念。"

于是,我们每个人手上都有了一张画像,每个人的形象特征被描摹得活灵活现。这也给我们留下了深刻的印象分,说明她对美有自己独到的理解和诠释,而且能够迅速表达出来。最后,小鹿被顺利录用了。

成为同事之后,小鹿告诉我,她爸爸管理着一个剧场,她经常去那儿"蹭戏"。一场演出从头看到尾,她看出了不少门道。比如谢幕,对有追求的演员来说,他们能利用艺术上的功力,让谢幕这个简单的环节变得不平凡,让作品达到更高的艺术境界,取得更有感染力的特殊效果。

比如有一次,她看了舞蹈《阿细跳月》。演出十分成功,结束时场上的气氛已经很热烈了,演员们只需要向观众鞠躬谢幕,下场即可。然而,演员们却别出心裁,以舞蹈的步伐踩着激动人心的乐曲,一边向观众致意,一边继续舞蹈着向"树林的深处"(副台)慢慢隐去。舞既尽而情未了,这种独具创意的谢幕形式，营造的意境更加优美，在观众心中引起了强烈的共鸣。那天，有节奏的掌声持续了很久。

小鹿在生活中是一个很有悟性的人，她设计的版面和活动海报、随手配的插画，每次都让我们赞不绝口。2023年，小鹿的爱人选择回老家创业，她决定与他同行。祝福之余，我们都有点不舍。临别之际，小鹿给我们分发了小礼物，还说："我心里会一直记挂着大家。以后有空回来，我一定会来单位看望大家。"

在交接工作的那一个月里，小鹿留给了我一个特别温馨的印象。为了让新同事迅速适应岗位，她把自己电脑中的文件夹进行归类后标注好名称，还给一些常用的文件夹写了简单的"说明书"，让人一看就能了解用途。走之前两三天，她将未完成的工作列成清单，并清楚地备注了每项工作的对接人，让接手的同事一目了然；她还把自己桌面的物品归置好，在便笺上写清楚收纳内容及时间，方便接手的同事掌握最新进度。

离职也是人生舞台上一次小小的"谢幕"，这个时候见人品，也见真情。

小鹿就是那个真正懂得"谢幕"的人。她现在经营一间插画工作室，做得风生水起，不仅继续为我们的刊物画插画，还在朋友们的介绍下接了很多公司的商业订单，每天的工作满满当当。虽然不在一起工作了，她依然让我们觉得，认识她真好！

生态位法则

采 铜

生态位是生物学中的概念,现在常被借用到经济、文化等领域。很多人都知道,进化论的基本思想是"物竞天择,适者生存"。不过一种生物"适应"与否,是针对其所在的局部小环境而言的,而不是针对某个大环境(如一座森林、一片草原、一条山脉),更不是指整个地球。因此"适者生存"的意思并不是说"在很大的一块地域中只有最强大的物种才能生存",而是说在一个局部的小环境中,如果存在两个相互竞争的物种,那么与环境"适合度"更高的物种更有可能繁衍和壮大下去。这个局部小环境就是"生态位"。

由于气候、地貌的不同,地球上的生态位数以亿计。这就意味着,每一种生态位下都可以有一个与众不同的"胜者",这也就是地球上生物种类如此繁多的原因。一个物种所处的生态位不仅包括"本地"的气候、地理因素,还包括与其利害攸关的其他生物,这些生物有些作为食物,有些提供栖息地,都是该物种繁衍所不可或缺的。假如我们新建一座花园,那么繁花盛开时,蜜蜂就会被招引来,甚至会在附近筑巢定居。这些花就是蜜蜂生态位的重要构成部分,要是没有花,蜜蜂就无法在此地生存。

当然人类是个例外。人类能思考、会说话,善于制造工具、运用科学,并且建立了强大的社群和组织，因此能在多种环境中生存。但同时，在人类社会的内部，生态位的概念仍旧很有用，作为一种类比，它能帮我们理解很多经济现象。在写字楼附近总是有咖啡厅，写字楼似乎是咖啡厅的生态位；在中学和小学旁总是有文具店，学校似乎是文具店的生态位；在一些红火的餐厅门外，晚上常有代驾师傅在等候，酒桌文化似乎是代驾这种职业的生态位。可以想见，一个商业社会里生态位的种类也是数不胜数。

在应试教育体制下，考试分数是衡量所有学生的主要标尺，但是，应试教育中的佼佼者真的就一定能成为人生赢家吗？这就很难说了，因为当学生走出校门、自食其力，需要在社会上占据一席之地时，他面对的是千千万万个不同的能力生态位，此时的竞争模式在很大程度上又变成一种差异化竞争。应试能力此时甚至会变得无足轻重。

从这个意义上说，找到属于自己的生态位是竞争的最好策略。在这个属于你的生态位里，你不需要跟几万、几十万人竞争，你可能只有少量的竞争者甚至没有竞争者，你在这个小环境中能够如鱼得水，扬长避短，展现自己最好的一面。

有许多生态位等待着我们去发现、去创造。有一个概念叫"潜在生态位"，指的是在这个生态位还没有占主导地位的物种——可能是因为还没有物种进入这个区域，未来一旦有物种进入，这个物种就可以在没有激烈竞争的情况下占据这个生态位。那么对我们来说，会有哪些适合我们的潜在生态位呢？

商业社会中竞争无处不在，但又是分布不均的，有些地方竞争激烈，有些地方鲜有人问津，甚至存在一些还没有被人发现的"隙缝"。在这些隙缝中，既存在潜在的用户需求，也有技术的可实现性，但就是还没有被挖掘。商业嗅觉敏锐的人往往就善于洞察这样的隙缝，从而获得商业上的成功。

生态位本身也是在变化的，总是会有新的生态位出现，这也为新物种的诞生提供了可能。商业社会与之类似，新涌现出来的生态位一定是潜在生态位，如果有人抢先一步，就能占得先机。2002年1月1日，欧元正式在欧盟成员国中流通，而在那一天，有些欧洲人已经用上了产自中国浙江的款式多样的钱包，这些钱包是根据欧元纸币的新尺寸定制的。钱的尺寸变了，钱包的尺寸当然也得变，嗅觉灵敏的中国商人竟然抓住了这样一个万里之外的商机。

现在有一个新兴职业，那就是航拍师，无人机的广泛应用带来了航拍师这种职业。我从朋友那里听过一个案例，一个年轻人没能考上大学，之后由于偶然的机会玩起了航拍，没想到越拍越好，技艺越来越精，于是干脆做起了职业航拍师，单子接连不断，连一些大电视台都会找他航拍相关场景。

在未来，人工智能会是就业的大杀器吗？肯定会有职业因为人工智能而渐渐消亡，但是与此同时，围绕人工智能的新工作机会也会涌现出来，随着人工智能产业越做越大，整个产业链上的工作机会也会越来越多。类似的还有虚拟现实、脑机接口等新兴领域，也潜藏着巨大的机会。在新旧职业更替过程中，一个人能否快速学习掌握新技能，就成了他能否适应新环境的关键。

显而易见，一个人越是对这个时代的变化和更替敏感，越是会主动地了解涌现出来的新技术、新技能，就越有可能找到高价值的"潜在生态位"，并把它变成自己的生态位。

除了"潜在生态位"，生物学中的"共生"也是一个非常有启发性的概念。共生指的是两个不同的物种配合默契，互惠互利。我们经常提到的一对共生物种，大概就是鳄鱼和牙签鸟了。牙签鸟喜欢到鳄鱼的嘴里寻食，而鳄鱼也会乖乖张开大嘴，任牙签鸟在它的大嘴里倒腾。原来，牙签鸟吃的是鳄鱼牙齿间的残留食物，鳄鱼享受到了"免费"清理牙齿的服务，何乐而不为呢？尽管后来有科学家证明，鳄鱼和牙签鸟的故事并不科学，但这种类似的共生关系在动植物界，其实是非常普遍的。

人和人能够组织起来，形成一个社会，也是因为互惠互利的关系。现代社会的劳动分工和流水线生产，能很好地解决多数人的普遍性需要。比如，我们不会再饿肚子，不会再没衣服穿，这些基本需求得以满足。但是，人与人其实很不同，人的有些需求是有差异的，每个人在生活中都会遇到不同的麻烦。那么我们能不能发挥自己的聪明才智，帮助一部分人满足他们尚未满足的需求，帮助他们解决还未得到解决的困难呢？如果你能洞察出某个需求或者痛点，并且真的帮助了一批人，那么你和他们就可以说形成了一种"共生"关系。

要与他人"共生"，意味着要对我们的日常生活有更细致入微的观察，对他人的痛点和需求更加敏感。《断舍离》的作者山下英子自称"杂物管理咨询师"，一本小小的、内容并不深奥的小册子，竟然能畅销400万册以上，凭的是什么呢？最主要的原因是她击中了现代人的一个普遍的痛点：家里杂物太多，人们不知如何处理。她捕捉到现代人的这个痛点以后，创造了"断舍离"的生活理念和行动方法，去帮助大家解决这个问题，自然她就成功了。

在共生的思路下，利他就是利己，助人就是助我。

找到或者创造属于自己的生态位，是我们在战略层面做出更好行动的指导原则。我们完全可以相信，"内卷"并非我们必须走的路，我们完全可以避开"内卷"式的竞争，在一个独特而惬意的环境里工作和生活，活出自己的意义和价值。

"同用一个碗"原则

〔新加坡〕沈文才   马　艳　译

如果你工作的时候一直有人盯着你，担心你做不好，你肯定会感到不自在，甚至无法忍受。或许你的上司事必躬亲，关注鸡毛蒜皮之事；或许公司受到严密的行业监管，必须严格遵守合规政策。然而，与此相比，还有一件事更有挑战性——独自工作，无人监管。

我的父亲是个街头小贩，他在新加坡卖了30年的虾面。每天一大清早，他用虾壳、猪骨和用焦糖炸过的大蒜煮一大锅高汤。从小学到大学，每个周末和学校假期我都去给父亲帮忙。十几岁时，我很不愿意在早上7点30分到小吃摊干活，很不喜欢手上洗不去的虾腥味！我的主要职责是洗碗。摊位上只有一个自来水小水槽，紧挨着灶台，我们就在这里洗厨具、洗手。至于碗碟，我们采用的是三桶水流程来清洗。

第一个水桶较深，加了洗碗精，所有顾客用过的碗和餐具都要放进去浸泡一会儿。浸泡后，我用海绵将每只碗的里外都擦一下，然后将碗浸入第二个装有清水的桶，把洗碗精洗掉。接下来是第三桶水，用于最后一次冲洗，然后擦干，碗就可以再次使用了。洗了五六十个碗后，第二个桶里的水会变得浑浊，我就要换一桶清水。

高三那年，也就是我服兵役前一年，父亲开始让我为顾客煮面条。有一天中午，我想给自己煮碗面吃，就走到桑拿房般热气腾腾的灶台边，煮着面条的水滚滚翻腾，不停地冒着蒸汽。我从干净的碗架上拿了一只"公鸡碗"（碗上的图案是一只黑红色的公鸡），到水龙头下冲洗。父亲看到了，说："不要再洗一遍。"他严厉但小声地对我说，以免让顾客听见。我愣住了，不知道自己哪里做错了。看到我一脸茫然，父亲说："如果碗对顾客来说够干净，那么对你来说也够干净了。"

有时我们在餐馆吃饭时，服务员端上来的碗碟边还粘着食物残渣。你是不是也碰到过这样的事？因为对自己先前洗的碗不放心，所以我又洗一次。这其实是在质疑父亲，动摇了他多年来行之有效的三桶水洗碗法。如果此时突然有顾客来摊位前看到我这样做，肯定怀疑我们的碗没洗干净。

听了父亲的话，我洗碗时更用心了，之后当自己用碗时再也不用多洗一次。那一天，我学到了一个关于职业道德的重要准则：即便没人在看，也要认真做事。这并不容易，偷懒、走捷径很有诱惑力，但违反规定的人最终逃不过公司或行业监管机构的法眼。

这个"同用一个碗"原则，伴随我从小吃摊进入银行。我卖给客户的金融产品，必定是我自己也愿意买的。在短期内，这种执念可能会让我失去一些交易，但我知道，由此收获的客户信任，最终一定会让我受益。

职场空窗期

施 歌 林诗荷

2022年6月,陈薇薇被一家互联网公司裁员,在此后一年多的时间里,她的心态经历了多重起伏:开始的3个月,她想着先休息一下,之后她开始有一搭没一搭地投简历,尽管没有满意的职位也并不着急。直到2023年,多家互联网大厂收缩招聘规模,陈薇薇才感受到了危机。在多家互联网大厂有过7年工作经验的她,却鲜少收到来自互联网大厂的面试通知。陈薇薇不得不接受这个略显残酷的现实,阻碍她找到理想工作的一个重要因素就是这段并不短暂的空窗期。

一家招聘网站曾在2022年发布过一项关于职场空窗期的调研。报告显示,近八成职场人经历过空窗期,其中约61%的职场人空窗期不超过6个月,超过一年的人群仅占11.2%。如今两年过去,尽管没有更多的数据证明职场空窗期现象变得越来越普遍,但越来越多的职场人会在自己的职业生涯中主动或被动地按下暂停键。

职场空窗期是否等同于职场人的职场"案底"?它作为一个减分项在招聘过程中所占的权重有多少,是否直接或间接决定了一个应聘者的去留?

HR眼中的空窗期

拥有20余年从业经验的人力资源专家叶楠认为，如今大多数HR（人力资源专员）能够理解当前职场存在的情况，并不会因为空窗期一票否决应聘者。实际上，空窗期如何影响用人单位的选拔，需要从市场供需来分析。不同行业存在明显的分野。

李以闻是一家传统制造业公司的招聘HR，主要负责研发类岗位的招聘。这类岗位有一定的门槛，且过去几年发展平稳，人才供需较为平衡。因此，李以闻很少遇到空窗期很长的应聘者，即使有空窗期，时间一般也不会超过3个月，若超过3个月，李以闻会询问对方在这段时间里做了什么，但这并不构成她对一个应聘者能力优劣的判断。毕竟传统制造业的研发、迭代速度没有那么快，短暂的空窗期不会影响求职者胜任岗位的能力。

在节奏更快、流动性更强的互联网行业，HR对空窗期的时长会更加敏感。尤其是一些初级岗位的筛选，应聘者的可替代性很高，出于节约时间成本和规避不稳定因素的考虑，他们往往会将空窗期作为筛选简历的一道坎——正如陈薇薇所经历的那样。

AIGC（生成式人工智能）行业的内容运营从业者郭鑫有相似的体会。在招聘下属时，如果应聘者条件相仿，他会倾向于选择空窗期较短的。一方面是因为空窗期短，新人更容易投入工作状态；另一方面也是因为AIGC行业发展很快，应聘者的认知和技能需要跟上最新的行业趋势。

当然，空窗期从来不是决定职场人命运的绝对因素。从事猎头工作多年的吴迪长期接触的都是"35岁以上中高层职位"的应聘者。他表示，对于这类百万年薪以上、复合能力要求较高的中高层岗位，人才库里的备选者本就不多。正因为这种稀缺性，他所服务的甲方不会因为空窗期而一票否定应聘者。比起空窗期，经验、资源、能力才是是否聘用的关键。

空窗期做什么

已工作13年的陈和经历了3段空窗期。前两段分别发生在2013年和2016年，那两次空窗期没有对他后续的求职产生影响。2022年年中，陈和开始了第三段空窗期。然而，这次离职后他没能找到满意的工作，陈和明白长时间的空窗期会影响HR对他的判断。此外，2023年他遇到了互联网行业不成文的"年龄警戒线"——35岁。这些因素都加大了他求职的难度。

虽然有过两段空窗期，但陈和的事业并没有在这段长达一年多的空窗期里陷入停滞。一方面，他通过为企业提供代运营服务，保持自己对产品运营的敏锐并积累经验；另一方面，他通过成为音频、视频内容制作者，开辟了一些新渠道，增加了自己在其他维度的竞争力。陈和仔细梳理了过去十几年间自己在职场中的代表作品，制作了一份"个人说明书"，借此向合作方介绍并推销自己。2023年，在自由职业的状态下，他赚了10万多元，陈和觉得这些纯粹靠个人能力获得的收入更让他有安全感和成就感。

多位HR表示，空窗期做了什么，是他们在面对有空窗期的应聘者时最想要了解的内容，这能反映出应聘者是否有清晰的自我认知，合理的职业规划，以及是否在这段空窗期依然与行业和市场保持连接。

在人力资源专家叶楠看来，较长的空窗期和主动选择的"间隔年"都是中性的，求职者可以将这段时间里做的有价值的事情放在简历里。有时候，亮眼的经历比完整的工作经历更能吸引HR。他曾遇到一位在东欧做志愿者、帮助当地失业女性的求职者，这段经历在简历中显得格外出彩。

停下来可耻吗

美国社会心理学家伯尼斯·诺嘉顿曾提出"社会时钟"的概念，指的是社会对与年龄相适应的行为的预期。一直以来，人们都是在社会时钟的

"规训"下前行，读书、工作、结婚、生子，停下来反倒是可耻的，成了不努力的证明。

韩裔德国社会理论家韩炳哲在他的著作《倦怠社会》中对一种新的社会范式"功绩社会"做了探讨。功绩社会是一种具有积极属性的社会，为了达到某种绩效目标，为了在激烈的绩效竞争中胜出，人们不得不穷尽个人的时间和精力，最后陷入一场不敢停歇的倦怠之中。过度努力的背后是焦虑，担心自己一旦停下来，就会有糟糕的事情发生。

那么，停下来可耻吗？在社交媒体上，有不少人为求职者"美化"空窗期支着儿，就好像这段经历理应被修饰和遮掩。比如，将没找到合适的工作叙述为"主动利用这段时间提升自我""充电学习"等，总之要尽量表现出积极上进的一面。

但是，在39岁的石萌看来，这种话术可能仅适用于刚毕业没多久的年轻人，对于像她这样已经有10多年工作经历的资深职场人，坦诚沟通才是最好的解决办法。石萌经历了一年多的空窗期，在几次求职失败后，再择业时她降低了要求。空窗期的遭遇倒逼她离开本就厌倦的舒适圈，反倒促成了她转行的念头。最后，她选择了一家传统行业公司，尽管薪资比上一份工作少了一半多，但也让她终于有勇气摆脱互联网大厂的压抑环境。在这家传统公司，石萌觉得自己的价值被放大了，过去在职场积累的经验也派上了用场，她不再是个只盯着一件事的"螺丝钉"。

在找工作的日子里，陈薇薇利用空窗期为自己积累作品，她将自己写过的文章、制作的视频文案集合成册，借此接到了不少活。这段经历也让她不再将上班作为职业发展的唯一途径，尽管现在已经入职一家小规模的广告公司，她依然保持着积累作品的习惯，探索上班之外可能的发展道路。

尽管无法摆脱时间的巨大钟摆，但一段或长或短的间隔可以给予我们喘息的时间，让我们停下来想一想，自己是谁，该往哪儿走。

（应受访者要求，除叶楠外，其余均为化名）

弃北大读技校，周浩的十年历程

黄哲敏

周浩又在短视频平台上看到自己的故事。

10年前，他从北京大学退学，转学到北京市工业技师学院（以下简称"北工业"）——一家以培养高级技工、技师为主要任务的综合性职业教育培训学校。一次偶然的新闻采访，给他打上"弃北大读技校"的标签，他的经历从此广为人知。

周浩谢绝了后续所有的采访。但这些年，他最初被公众记住的信息，依然以各种形式在互联网上传播。一旦碰到合适的话题，他的经历又会被翻拣出来，重新包装，供公众反复咀嚼，但很少有人知道他的现状。

实际上，从北工业毕业后，他曾留校任教5年，后又离职，加入北工业原院长童华强创办的教育咨询公司，成为一名职业教育咨询师。

"我希望更多技工院校出来的学生能被大家看见。"周浩说。他做出这一决定，既是为了撕掉身上老旧的标签，也是为了增进社会对职业教育的了解。

离开象牙塔

2008年高考，周浩的成绩排在青海省前5名。为了不浪费分数，他放弃能圆自己"机械梦"的北京航空航天大学，听从家长意见，填报了北京大学，被分进生命科学学院。

在北大的第一年，周浩学习成绩不好，"喜欢的课还能勉强考七八十分，不喜欢的课连考试及格都特别难，因为根本不想听"。他和同学的关系也一般，没什么特别好的朋友。在痛苦中过了一年后，周浩决定休学。

休学期间，周浩在一家做电感线圈的工厂干了两个多月。车间主任一眼就相中了他，先后将他安排在流水线的各个岗位。主任发现，周浩上手特别快，便想把他培养成自己的接班人。

周浩意识到，离开象牙塔，未来也不至于暗淡无光，"只要我愿意去做，一定能做得很好"。

2011年，周浩决定从北大退学，去学数控专业。他上网了解数控专业的学习内容和就业路径，确定这个专业能够唤起自己的兴趣。而职业教育，也成了他的出路。

"他就是奔着数控来的。"数控是北工业的王牌专业，了解清楚周浩的想法后，童华强为他敞开了北工业的大门。

周浩从湖光映着塔影的北大来到这里，感到巨大的落差，"好多硬件设施与北大的相比差得太远了"。

而对北工业的学生来说，周浩也来自一个他们不了解的世界。周浩的室友刘高回忆，他们爱听周浩讲北大的故事。北大的篮球赛、北大老师讲课的方式、周浩做过的动物实验、学过的遗传学知识……这些在周浩看来很平常的事，却强烈地吸引着他的新同学。

新天地

被世俗认为低一等的职业教育，却给周浩提供了一片能够畅快呼吸的天地。

容易被贴上"社会青年"标签的技校学生，在周浩眼里是"你帮他们一次，他们会帮你两次"的单纯同龄人。和他们在一起，周浩不用交流很深的问题，对什么感兴趣就聊什么。周浩在这里交到了很多朋友。

周浩的到来，让老师们如获至宝。

"高考成绩已经说明他的脑袋瓜绝对好使。既然他现在选择了北工业，我就要把他培养成才。"童华强说。

童华强为周浩"量身定制"了学习计划：进哪个班、由哪位老师带，都是经过精心设计的。两年一届的全国数控技能大赛，是数控专业最高水平的竞赛。2014年，周浩作为"班里接受技术技能最快"的学生报名参赛。"当时是让他去拿冠军的。"童华强说。

同年11月，周浩获得冠军，童华强终于松了一口气。随后，一篇以《弃北大读技校，自定别样人生》为题的对大赛获奖选手的报道，首次对外披露了周浩的经历。周浩火了。

童华强分析了周浩从北工业毕业后的几条出路：出国，国外也缺高技能人才；去和北工业有长期合作关系的企业，它们都是国内顶级的制造业单位；留校任教，学校争取帮他解决北京户口。

职业危机

2014年，24岁的周浩从北工业毕业，留校当老师。

他的大多数同学毕业后成为产业工人或工程技术人员。周浩也获得了许多类似的工作机会，但留在数控行业并有所成就是他当时最大的愿望。另一方面，他非常希望能继续学习。学校里几个熟识的老师也劝他：还没到一般硕士研究生毕业的年纪，多学学，只要技术过硬，什么时候去企业都可以。

周浩留在北工业这个熟悉的环境中，成了一名一线教师。数控专业当年一共只有两个人留校，除了周浩，另一个是刘高。

根据北京当时的落户政策，技校毕业的学生要获得北京户口比有本科或研究生文凭的毕业生要困难许多。但周浩是幸运的。获得全国数控技能大赛冠军后，他满足了北京市特殊人才引进的条件，学校也积极向北京市人力资源和社会保障局申请。2016年，周浩取得北京户口。刘高则因为无法改变北漂状况，最终离开北工业，回了河北老家。

按照惯例，新老师要从助教开始做起，但留校的第二学期，周浩便成为主讲老师。他发现，在数控之外，自己还喜欢且擅长教书。

"数控是通过生产的产品间接影响人，而当老师能直接影响人。"渐渐地，他对后者的热爱甚至超过对前者的。

2018年是周浩留校任教的第4年，他参加了第一届全国技工院校教师职业能力大赛，获得一等奖。本应意气风发的青年教师周浩，却开始感受到职业危机。

进入"十三五"时期，北京市疏解非首都功能，机械制造行业逐渐搬离北京。职业技术人才的培养服务于区域发展，随着机械制造企业的离开，曾经前景大好的数控专业日益萎缩，不再是北京市重点支持的专业。周浩面临专业转型——投入大量时间与精力学习新的专业技术，从头积累资源。

转型的逼近促使周浩开始考虑自己未来的定位。这时，学历的问题暴露出来：从技校毕业的周浩没有资格进入学校的教学管理岗位。

北工业虽是技工院校，但它的教师大多拥有本科、硕士学历。要和他们一起作为管理层的后备干部，周浩说："领导都不好意思把我的简历递上去。"

因为学历上的劣势而在评价和选拔过程中被区别对待，这是技工院校毕业生的普遍遭遇。主动选择职业教育之路的周浩也未能幸免。

回 归

看到周浩面临转型困境，已经离校创业的童华强邀请他加入自己的教育咨询公司。

童华强认为，周浩的困境是一个典型案例。技校的毕业生不拥有现今被普遍认可的由教育部门颁发的"学历"，而在主流评价体系里，这种"学历"才是硬通货。

"他的能力和水平已远超一些高等院校的毕业生，甚至比有些博士生还厉害。但是，在学校的体制下，他的晋升通道比大学毕业生要窄得多。"童华强说，普通教育和职业教育培养出来的学生发展机会不平等，不仅埋没了像周浩这样的技术技能人才，也是职业教育社会认同度低的核心原因。

周浩不甘于一直做一名普通教师，因为做一名普通教师，"能影响的就是一年十几个学生，而且上两三门课，只是一个很小的专业方向"。于是，他在2019年应邀加入童华强的公司。他觉得职业教育咨询师这份工作放大了自己的价值：通过影响技工院校的教师，间接影响更多的学生，还能辐射到数控之外的更多专业方向，"就像核裂变一样"。

在周浩成为职业教育咨询师的这一年，《国务院关于印发国家职业教育改革实施方案的通知》发布，开篇第一句话令职业教育界倍感鼓舞："职业教育与普通教育是两种不同教育类型，具有同等重要地位。"

然而，社会观念并没有因此转变，职业教育改革仍是"上热下冷"。技工院校的老师对此深有体会。到了暑期招生季，当家长咨询起"学历"问题时，北京市工艺美术高级技工学校的教研室主任陆璐依然很尴尬。这所学校和北工业同为高级技工学校，培养出的高级工和技师虽然在政策上享受与大专及以上学历同等待遇，但这一点"国家承认，家长不承认"。

"职业教育低人一等"的社会观念也影响了学生。周浩发现，技工院校的学生普遍对所学专业对应的工作岗位缺少认同感。想方设法让学生感到自己的工作有价值，是周浩努力的方向之一。

为了当好"老师的老师"，周浩开始系统学习教育学知识。经童华强介绍，周浩去北京师范大学旁听过几门课程。下一步，他打算先找一所合适的学校读非全日制硕士，再攻读北师大的教育学博士学位。

弃北大读技校十年后，周浩即将回归自己曾主动退出的普通教育体系。对他来说，这个选择有助于实现他发展职业教育的抱负，但在某种程度上，也是他与现实的和解。正如童华强所言，考虑到"要适应这个大的社会环境，一个门面上的头衔还是需要的"。

琴音好弹，知音难觅

海绵青年

庄雅婷

有一次我度假归来，在机场听到航班取消的广播。午夜时分，大雨中，我站在滨海机场，打开手机 App，看看有没有能把我捎回北京的顺风车。

一辆商务车飞快地来了，我上车，然后低着头回复手机开机后涌入的各种信息。一段语音之后，突然听见车主问："您是做杂志的？我听见您在说编辑和选题，能咨询您一件事吗？"我抬起头，看向车内的后视镜，一个相貌端正的年轻人，有些不好意思地等着我回答。"有什么事吗？""我前一阵在街上玩滑板，正好碰见一家杂志社在拍服装片，看我玩得不错，他们让我入镜拍了一组照片。后来他们也没给我寄杂志，我挺想要照片的，我该找谁啊？"

我耐心地给他讲了如何按版权页找到责任编辑之类的事，我们就这样顺理成章地聊了起来。我很快勾勒出这个青年的职业背景：就职于一家国际化生产企业，经常往返于北京和天津开发区，顺路做顺风车车主，一路上也不至于很枯燥。

我还从他的叙述中听到一个传奇的故事。他是体育特长生，甚至打进了职业赛，但因意外受伤而退役，然后发现自己不知道该干什么了。在想好之前，他手头刚好有辆车，就注册成为顺风车车主。

"有一次,一个乘客把行李箱落在车上,行李箱里有他的电脑和很多现金,而电脑里存有重要的资料。我开了60公里把行李箱还给他,也没要他的红包。那个客人感动之余,问我要不要去他的公司上班……"

"我当时觉得自己需要进入一个正规的公司体验一下,就答应了。从高层的司机和私人助理做起,这能让我近距离观察成功人士们都是怎么说怎么做的。而且我周末在开发区继续跑顺风车,带那些企业的海外技术人员去颐和园、长城,两年下来,英语口语练出来了,也开始做一些外贸业务……"

我记得我当时就说出了"连接能力"这个词。我认为他是一个有连接能力的人,无论处境如何,他都可以通过与他人的沟通进行自我升级。

他说他对很多行业都有兴趣,每一个上车的乘客,他都会判断对方的职业,然后选一个话题进行沟通了解。我问他:"你如何判断你的信息源是正确的,或者是相对专业的?"他说:"我不会直接问,但我可以看他的兴趣,和他讨论一个热门话题。多问几个人,如果大家的答案相差不大,那么这就是这个行业应该有的气质。我也大概知道我应该朝着哪个方向使劲了。"他又接着说:"你叫车之前我正在车里跟着英文广播练口语呢。""所以?""我想我的下一份工作是跑遍全世界。"

顺风车于他,是漫长旅途中每一次宝贵的相遇,是稍纵即逝的机缘。他就是一个海绵青年,利用一切碎片时间抓紧吸收着曾经被耽误掉的能量。有人说,人一生大概会遇见55万个陌生人,要打破万分之一的概率,一个人才能坐到你身边。

忘记边界

九 边

"资源边界"这个概念非常值得我们深入了解和探讨。

举个例子，原始社会时期，地球上人很少，看起来没什么竞争，生活压力应该不大。然而并非如此，原始人的生活压力也不小。那时人们对资源的理解非常肤浅，似乎只有树上的果子、山里的兔子是资源。他们对煤、石油、天然气完全没有概念。所以，这些东西对他们而言还不是资源。

到了工业社会时期，人类开始烧煤，但是对可以释放更大能量的原子能还缺乏足够的认识。在这部分能量被开发出来之前，对人类来说，这部分资源也是不存在的。也就是说，人类认知中的资源边界还没拓展到那里。

你也许听过"罗马俱乐部"，又名"悲观未来学派"。这个由一伙当时最厉害的科学家成立的组织，于1972年发表了一篇名为《增长的极限》的研究报告，预言经济增长不可能无限持续下去，因为石油等自然资源的供给是有限的。于是，他们预测世界末日快来了，并设计了"零增长"的对策性方案——停止发展，防止资源耗尽。

可是到了今天，经济依然在蓬勃发展，并上了一个又一个新台阶。为什么当年顶尖的学者会作出如此奇怪的预测？实际上，他们犯了一个错误——用静态的眼光看世界，在当下局限的资源边界内思考问题。

很多人刚开始工作时，工资很低，房价却很高，买房看起来遥不可及。但奋斗几年以后，买房从梦想变成了现实，至少没有当初想的那么难。因为随着我们自身能力的提升，"资源边界"不断拓展，比如以前只能靠工资，慢慢地奖金涨上来了，或者多了副业的收入，到最后也许工资在收入中只占比较小的一部分……

回过头看很多年前刚毕业的自己，像不像现在的我们回头看罗马俱乐部的人？当时的他们想不到未来会有这么多水电站、风电站、核电站，也想象不出新培育的农作物产量会这么高。

所以目前的很多难题，在现在的资源边界内解决不了，如果能突破这个边界，也许它们就不是问题。

富人为什么富有？因为他们的资源边界特别广阔，很多事物都能给他们提供资源。你每天坐地铁时，人头攒动，熙熙攘攘，身在洪流中，唯一的感受就是烦躁。但如果你在地铁站旁摆个地摊，资源边界一下子就扩大到人群中了，过往的每一个人都可能是你的客户，你甚至会嫌人流量不够大。

资源这个概念的范畴比你想的要大得多，有时也许就在眼前，可是你无法获取，因为资源边界太小了。而且由于资源边界小，大家的资源是重合的，就会引发激烈的竞争。边界大了，竞争反而会变小。如果你已经领会到这种获取资源方式的优越性，脑子里想的就是怎么去进一步扩大资源边界，那么合作就更容易发生。

那究竟该如何拓展资源边界，把触角伸到未知领域？

我无法给出确切的答案。但我有种体验，就是人到中年时，很容易习惯性地自我封闭，不再吸收，不再拓展，觉得自己年龄大，学不会了。这种心态从资源探索的角度来看是极其消极的。

我的导师成就很大，我从他身上学到的东西非常多。他60多岁了还在坚持长跑，每天跑 10 公里。他还在网上跟着视频学 Python（一种计算机编程语言），编写爬虫脚本做研究。此外，他在写一本关于匈奴史的小册子，同时策划做一本教小朋友学数学的书。他还有一家卖红酒的微店——虽然他不喝酒，但对红酒特别有研究。

我喜欢他的这种劲头，永远都在拓展，不给自己设置边界。他有个逻辑：现在人类的寿命变长，60 多岁正值壮年，还有无数机会、无数探索的可能，前提是不要搞自我封闭。

人们往往高估自己一天能学会的东西，而低估了 3 年能学会的东西。这句话值得我们深思。

自由的边界

无效的努力

张 璐

如果在沙漠中迷路怎么办？很多人都不会坐以待毙，而是选择试探着去寻找水源，期待最终找到绿洲或者被骆驼队营救。

但研究人员告诉我们，最好的方法是在原地找到一块岩石，然后坐在岩石的阴影下等待。可以把鲜艳的衣服、头巾压在岩石显眼的位置，这样更可能被搜救车队或飞机发现。如果你急于寻找出路，反而会因为运动过多而大量消耗身体里的水分。更重要的是，很多时候，人们是在不知道方向和水源的情况下行动的，这样会让自己快速脱水。

另外，现实中大部分的救援，都会从最后推算的失踪地点开始，沿着计划路线进行第一轮搜救。如果你不明方向地行走，最大的可能是让搜救队离你越来越远，拖延自己可能被发现的时间。

在没有明确方向和目标的情况下，你所做的努力大多是无效的。留在原地，反倒可能是最可靠的方法。

体育生、数学生和艺术生

刘 润

在商业世界，至少有3种人生选择：体育生、数学生和艺术生。

体育生

商业上的成功可以分成3种：一种靠努力挣钱，一种靠模式挣钱，还有一种靠技能挣钱。在打法确定的情况下，去拼体力、比勤奋，这是体育生的做法。

我们在2018年6月才开始做微信公众号，大家都说红利期过去了，但我们把用户量发展到现在的300多万，拼的就是体力。我们比谁跑得快，比谁起得早，比谁更勤奋，比谁每天都能更新，比谁对文章的质量要求更高。

在行业变化不快的时候，其实每个行业的基本打法是确定的，交易模式也是确定的。那么在模式确定的时候，谁能在行业里面挣到钱呢？

就是用这个行业的既定做法，做得更好的那个人。他把普通的事情，做到更胜一筹。

如果你是做餐饮的，你会不会记录每一个进店的客人，什么时候来，点了什么菜？我认识一个餐饮企业的创业者，除了记录这些，连客人每次来，带的是不是同一个人，他都记得清清楚楚。这样，在为客人服务的时候，他就知道什么话该说，什么话不该说。

我国台湾的著名企业家王永庆卖大米时，弄了一个本子，上面详细记录了每个客户家里有多少人，米缸有多大，一个月吃多少米，大概什么时候发薪水……每次算着客户的米快吃完了，他就提前联系客户，送米上门。等客户发工资之后，再去讨米钱。他是将大米扛到客户家里去的。如果客户家的米缸里还有米，他就把陈米先倒出来，把米缸刷干净，然后把新米倒进去，再将陈米放在上面。把服务做到这么细致，简直让人叹为观止。

数学生

拼体力太难了，有没有其他赛道呢？

你可以用数学思维去解开商业世界的新问题。比如，蔚来汽车和宁德时代推出的换电业务，我觉得特别聪明。你今天买了一辆全新的新能源汽车，车里有一个全新的电池，但是你经常出差，不常开车。等到10年后，车要报废了，电池也会一起报废。你车里的电池可能只充了3000次，而这个电池原本在整个使用周期也许可以充1万次。那么，你的电池没有被充分使用，这就是可以改变模式、重新计算的地方。

于是电池厂家、汽车厂家想了一个办法：换电。但车主不愿意。于是厂家接着想办法，那就把车的价格降下来，电池不卖只租，这样车主就不会介意电池的新旧了。换电问题解决了，电池也可以被充分使用。

这就是靠数学思维来解决问题。一旦行业发生变革，它的交易结构就发生变化了。如果今天你要想创新一个商业模式，那你就是数学生。

什么叫改模式？我们说，商业模式就是利益相关者的交易结构。过去你开餐厅，在黄金地段租个铺面，你付的租金就是你买流量（吸引客人）所花的钱。后来互联网出现了，行业发生了变革，大家吃饭不用到你的店里来，在家点外卖就行。客户的消费习惯变了，你的成本结构也变了。这时，你琢磨着自己做一个外卖平台，把整个模式改一改。一旦改模式，就得彻底想清楚，要像数学生一样，去做证明和推演，而且中间一定不能有逻辑漏洞。

在整个交易结构里，餐厅如何盈利？平台、外卖骑手怎么挣钱？消费者如何获益？这些都要想清楚，在脑子里不断预演。结构不对，什么都不对。改模式，不是一件容易的事，需要拼智力、拼数学思维。

艺术生

体育生在确定的模式里去拼搏，数学生在变革中推演着去闯荡。还有没有别的赛道呢？

有人喜欢京剧，有人喜欢黄梅戏，有人喜欢说唱音乐，有人喜欢钢琴独奏，每个人喜欢的音乐类型不一样。有自己特别擅长的事，有技能，靠一门手艺挣钱的人，叫艺术生。

艺术是有非常强烈的个人偏好的。举个例子，我先后用过很多部手机，有些手机很有年代感，我想把它们都装裱起来收藏。我从网上找到一名刚毕业的大学生，把我的几部手机都寄给了她。她把每一部手机都拆开，将里面的配件一一用标签做好标识，非常精细地装裱在一个 A3 纸大小的框里，做得极有美感。

除了手机，她装裱的东西，还有游戏机、手环、手表等。我估计，她一年能赚好几百万元。因此，如果一个艺术生能在一个小的细分领域，专注地把它做好，那么他选择的道路就很有价值。

跨领域，怎么办

"你的数学，是体育老师教的吧。"虽然这是一句玩笑话，但在商业世界中，确实很怕你是体育生，却参加了数学竞赛，你还不自知。而数学生，一旦到了体育竞技场，也同样危险。跨领域，我们很容易犯很多错，但是我们自己可能并不知道。

怎么办？培养自己的全局观、系统思维。比如，你知道世界上最好的商业模式是什么样的吗？你能找到规律吗？

最好的商业模式，要满足3个条件：高频、刚需、高毛利。

你每天都要吃饭，经常要用手机，这就叫高频，而且这是刚需。曾经洛克菲勒凭借石油生意成为世界首富，是人类历史上第一个身家超过10亿美元的人。为什么？因为石油属于高频的，关系着衣食住行。涤纶、锦纶、服饰面料需要石油合成纤维，化肥、杀虫剂需要石油参与制作，橡胶、塑料、清洁用品很多都需要石油合成，交通工具的燃料、铺路的沥青，都来自石油。

那什么叫高毛利呢？就是得超过社会的平均利润。想要获得高毛利，你得有定价权。再比如，我们知道旺铺很重要，可是旺铺为什么这么重要？那是因为更好的地段带来了更多的人流量。所以，人流量，其实才是"旺"和"铺"这两个要素之间的关系，是这个关系背后的规律。

在了解全局之前，千万不要轻易归因。事物不是孤立存在的，商业模式中的各个利益相关者，它们之间相互作用着，这叫关联性。越是在高速变化的时代，越是要训练系统性思维，拥有全局观。

最后，我想分享一个故事。江苏省可以说是全国高考难度非常大的省，我曾就读的南京一中，是江苏最好的中学之一，这所学校的普通学生，放在江苏的其他学校，可能都是学霸。包同学和我在同一所中学读书，也是我们这届的高考状元，高分考入南京大学计算机系。而我也很幸运，考上了南京大学数学系，和包状元又在同一所学校。有一次我去计算机系的宿舍找包状元玩，发现他这么厉害的人，竟然也有不会做的题目。我看着他请教上铺的郭同学，郭同学只是懒洋洋地看了一眼题，慢悠悠地说了几句，包状元就恍然大悟。

这个郭同学，几乎每天都不去上课，每天都睡不醒。就是这样一个"睡神"，学霸们却都排着队，等着问他问题。看来，郭同学不只是"睡神"，还是真正的"大神"。

毕业后，我又很幸运，和郭大神去了同一家公司，后来又一起加入微软公司。微软公司的考核方式是打分制，20%的人拿4分，70%的人拿3分和3.5分，10%的人拿2.5分。郭大神却常常拿到4.5分，为什么？因为拿到4分已经无法证明他的优秀了。拿到5分呢？那几乎不可能。因为拿到5分就代表你是完美的。在微软公司，几乎不可能有人拿到5分。直到我遇到了谢同学……

谢同学才是真正的"扫地僧"。谢扫地僧，真的拿到了其他人不敢想象的5.0分。对他来说，4.5分太保守了，无法体现他的优秀。而他的老板，必须层层向上证明，这个人真的是完美的，到最后甚至惊动了比尔·盖茨，微软公司破格给一名员工打了5分。

故事听到这儿，你可能会惊叹：优秀，简直没有极限。可是，再看看身边，有奥数冠军、高考状元、科技发明奖得主，还有很多更优秀的人。他们谦卑、友善地和大家一起工作。和他们交谈，你只会感觉到深不可测的能量，却感觉不到一丝锋芒。像谢扫地僧这种极度优秀的人，竟然因为星空的璀璨，显得不是那么夺目了。

夜空中，还有更耀眼的星。那些我见过的"开挂"的人生，太多了。

优秀，真的没有极限。更可怕的是，这些优秀的人，比你更加谦卑、更加努力。但我们也不必焦虑，不必迷茫，只需努力，在自己的赛道，做到极致。因为通往"开挂"人生的道路，不止一条。整片星空璀璨，是因为有每一颗星存在。而每一颗星，不管大小，无论明暗，都有属于自己的独特道路。

第4章

成败只隔一线

解除"沙发锁定"

〔美〕斯科特·亚当斯　　杨清波　译

针对懒人有一个专门的术语,叫"沙发锁定",描述的是他们无法主动离开沙发的状态。当你处于这种状态时,你的身体能够离开沙发,却缺乏实实在在的动力,感觉就像被困在自己懒惰的身体里。

想阻止任何形式的"沙发锁定",秘诀就是停止想象你需要做的所有事情,转而开始想象你无须付出多少努力就可以做到的最不起眼的事情。比如,你无法从沙发里起身,那就说服自己动一下小拇指。

小拇指一动,你很快就会发现,其他手指也很容易就会跟着动起来。然后你的手臂和身体其他部位也都可以活动自如。大约10秒之后,你就可以从沙发上站起来。

类似的方法也适用于生活中那些重要但无法说服自己去做的事。首先找出可以采取的最简单措施,然后去做,完成之后继续下一个小目标。不要去考虑脑子里的整个计划,因为那会把你压垮,使你被锁定在沙发上无所适从。

那年,我决定转行当一名漫画家。从哪里入手呢?对此我一无所知。巨大的挑战给我带来了巨大的思维障碍,于是我做了能说服自己做的最不起眼的一件小事——开车去了当地的美术用品商店。买回一些高质量的画笔之后，我坐下来开始信手涂鸦，主要是为了检验一下这些材料的质量，也顺便看看自己是否真心喜欢这些纸和笔。

接着，我决定从那天起把闹钟拨快半个小时，这样我就有时间在开始工作前练习画漫画。

上述每一步都看似微不足道，但累积起来效果显著。到了第二年，我已经取得了足够多的小成就，完全可以实现自己的想法。也正是在那一年，《呆伯特》系列漫画开始出现在全美各地的报纸上。

回首往事，我发现为了成为一名漫画家，我付出了巨大的努力，但对每一天来说，要付出的努力都是比较容易驾驭的。生活的很多领域就是这样，我们通过不断努力，积少成多，最终会取得丰硕成果。

局限思维的表现之一，就是提前想象整项任务，然后被吓得缩手缩脚、无所作为。与局限思维相对的，就是学会分解式思考问题，把庞杂的任务分解成你现在愿意去做的最小步骤，然后以此为起点，每次完成一项小任务，最终完成整项任务。

低微的地位有"毒性"

〔英〕特丽·阿普特　　韩　禹　译

赞扬与责备究竟有多大威力

繁忙的一天结束后，很多人都会通过与朋友聊天、与伴侣共进晚餐、看电视、翻阅杂志、浏览购物网站来释放工作评判带来的压力，渴望得到暂时的解脱。记录、反思、修改这些评判，是让人心力交瘁的。而当我们进入舒适的私人社交空间时，心中的评判机制会安静下来，仿佛一只即将入睡的小猫。

我们是否在工作中得到了应得的赞扬，会影响我们的健康与寿命。事实上，人们在工作中对来自他人的评判的敏感程度，在20世纪80年代的一次对等级制单位员工心脏病因的研究中便清晰地显现出来。当时，人们以为，位于单位顶端的人工作压力最大，其健康会格外受到影响。然而，研究结果恰恰相反。

迈克尔·马默特爵士是伦敦大学流行病学和公共卫生系教授，他主导的研究项目是调查英国公务员的心脏病发病情况，以及他们的总体健康与寿命状况。马默特发现，承受压力且健康因此受损的，并非权力金字塔尖上的人。那些高级领导的确需要承担更大的责任，做事时也更需要分秒必争。然而，似乎有什么东西保护了他们免于患上压力导致的疾病，反而是那些被夹在中间或是被压在最底层的员工，遭遇的健康风险更大。

马默特发现，中低层公务员有更大的压力，因为他们的权力更小，威胁他们健康的不是责任太重，而是缺乏权力。权力越小，就表示地位越低、荣誉越少，自身贡献被承认的机会也越少。我们曾以为，那些高高在上的人会因责任过多而受到更大的威胁，但其实，他们才是赞扬与责备这一权力架构的受益者。接受更多的赞扬，能保护一个人不受疾病侵害。

这次的研究结果让马默特震惊万分，他决定到更多的机构和社团去检验他的成果。他研究了来自美国、澳大利亚、俄罗斯、日本和印度南部的数据。他一次又一次地发现，当生存的最低需求被满足之后，人们在社交等级中的位置最能决定其健康状况。人的地位越高，就越不容易受到病魔的侵袭；反之，人的地位越低，得病的风险就越高，寿命也越短。

研究发现，获奖，尤其是获得诸如诺贝尔奖这类万众瞩目的奖项，能给人增加大约4年寿命。反过来说，马默特的结论是，低微的地位有"毒性"，它能让一个人的社交环境充满恼怒、失望、轻蔑，而且有可能造成"尖角效应"（"尖角"指魔鬼头顶的角，指一个人在搞砸一件事之后，别人总会先入为主地以负面态度看待他。其反义词是形容天使的"晕轮效应"——译者注）。也就是说，低微的地位掩盖了你所有的优秀品质，别人会戴着有色眼镜看你，认为你一无是处。这样的毒性会危害人的健康。其他威胁健康的元素，比如吸烟、饮酒、久坐或超重，也会因低微地位所处的毒性环境而提升。吸烟和暴饮暴食都能给人提供慰藉，在人得不到尊严或地位时可以由此寻求安慰。当我们因地位低微而情绪低落时，不太会有积极性或精神去锻炼身体。

我认为，对大多数人来说，无论男人女人，地位基本上都不会来自某件大事，也不会像奖章一样被给予一次后就受益终生。地位或尊严，是我们日常生活中所有琐碎的赞扬与责备日积月累的结果：我们走进公司时如何被问候，人们如何与我们谈话，开会时我们的意见是否得到重视；当我们检查自己的社交环境时能否找到被尊重的迹象；我们付诸努力的工作成果是否被承认、被肯定；当我们制定工作目标时，是否有表示支持的人际网；我们的评判对他人是否重要。

人们往往以为地位来自财富或名誉，但地位不过是指赞扬的相对多少，以及他人评判我们时是否会往好处想。人们更容易承认地位高的人的努力及成果，地位高的人更有机会参与社团活动并因此更受人器重。他们即使做得不够出色（甚至搞砸了），也仍然会得益于"晕轮效应"。无论他们做得如何，我们仍会下意识地修改对他们的评判。这是因为，即便我们不愿承认，但当我们敬佩一个人的某种品质时，也会觉得他的其他品质同样值得敬佩。其实被别人善意地解读，让好品质盖过缺点所带来的阴影，是每个人都需要得到的重要福利。

英国作家及哲学家阿兰·德波顿的结论是：地位是充满赞扬的爱的替代品，它让我们知道自己是群体中的重要成员，依赖我们的人会因我们的出现而感到欣喜。而地位低微，会让人感到被忽视、被排斥、孤独无助、一无是处，这才是我们感到悲伤和受侮辱的真正原因。

如何应对工作中的赞扬及责备

对职场中人来说，做好本职工作其实只是其中的一部分。为了生存，每个人都需要厘清来自他人的评判，寻找方法控制它们，避免被它们打击得灰心丧气。高管教练常用的一种训练方法，就是集中学习接纳不同个性的员工，以及他们解决问题、处理信息、划分事务轻重缓急的不同方式。格雷格重视负面结果，而阿吉特重视正面结果，于是格雷格说阿吉特胡思乱想、拒绝接受现实，阿吉特则认为失败是格雷格不愿认同公司的成果。

米歇尔把精力集中在 10 年来的统计结果上，加文却愿意凭借直觉，二人都认为对方盲目、糊涂、异想天开。因此，高管教练给领导者的忠告就是，将这些区别带来的利益最大化，考虑能力组合与互补视角。这是为了让我们的反应有包容性，接纳那些也许我们原本打算责备的品质。

与每个家庭一样，工作场合也情况各异。比如偏袒、做替罪羊、哗众取宠、接纳或排斥他人。我们在工作中经历的评判，来自各种各样被隐藏的偏见：哪些人恰巧觉得你好看或有魅力？谁恰巧觉得你的容貌与他讨厌的一位表亲相似？谁只因记得他上学前班时一位和气的老师也有相似的笑容，便认为你的笑容可亲？谁觉得你说话声音刺耳，谁一听到你的声音就高兴得瞳孔放大？谁欣赏你对电视节目、书籍或政治的见解，谁又对你的评判不屑一顾？这些都与我们做本职工作的能力毫无关系，但它们都能在很大程度上影响我们因工作而得到的赞扬或责备。

能否与他人愉快地合作，在很大程度上取决于我们理解及应对他人的能力。我们的成功也取决于我们监控自己日常评判的能力，即明白什么时候应该听从、什么时候应该怀疑。总的来说，我们更善于发现别人评判中的缺陷和弱点，而不是自己的。我们需要保持谦卑的态度以及做到自我约束，只有这样，才能扪心自问：我们是否做到了公正地对待他人？哪些偏见或盲点扭曲了我们的视线？我们是否变得与我们谴责的人一样刚愎自用？理解了人类评判大脑的运作机制，我们就能让它更好地运作——这既包括工作场合，也包括如社交媒体这样格外复杂的环境。

谢谢你的时间

刘 戈

在央视《我们》节目中，主持人王利芬反复使用的一句客套话给我留下了深刻的印象。每次在与现场或者连线的嘉宾说完话后，王利芬总是加上一句"谢谢你的时间"。在这种场合，一般我们都会说"谢谢"，谢什么呢？谢他给你面子前来捧场？谢他完美的表达给节目添了彩？要谢的内容或许很多，但一句"谢谢你的时间"，谢得最到位、最得体。因为时间是我们这个时代最宝贵、最不可替代的资源，只有时间，我们租不到、借不到，也买不到。

别听信那些花言巧语。男人是否爱自己的女人，父母是否关心自己的孩子，子女是否孝敬父母，熟人是否把你当朋友，唯一可衡量的标准就是他是否愿意因此付出时间。通常情况下，有些人试图用钱来衡量，但每个人所拥有或者可支配的钱差别太大，大多数情况下你也无法判定他愿意为你付出的钱占他实际拥有的百分比。但所有的人都拥有相同的时间——一天24小时，他对时间的分配，决定于他对人生各种元素重要性的价值判断。

初入职场的年轻人总是在寻找职场成功的秘籍。有的人相信靠能力，有的人相信靠良好的人际关系，还有的相信关键是怎样取得老板的信任。这些都重要，但不管你相信哪一条，所有这一切都建立在时间的投入上。

其实，除了极少数天资聪颖和先天愚钝的人，对大部分人来说，工作时间的投入和职场的成就基本成正比。你相信能力，需要时间来学习；你相信人际关系，需要时间来营造；你要获得老板的赏识，需要时间来证明。如果你的老板真要谢谢你的话，他唯一要谢的就是你为工作付出的时间。

我曾经有一个习惯，当我对一个编导的方案不满意的时候，我不会问："你用心了吗？"而是会问："你用了几个小时？"每到这种时候，编导都会不好意思地一笑："抱歉，昨天忙，还没来得及好好弄，你先大概看看方向。"没人会好意思当面对如此具体的问题撒谎。而且我知道，接下来肯定会有几个小时的踏实工作，而结果肯定差不到哪里。

之所以可以进行以上的判断，是因为在通常情况下，在一个公司的某个岗位上，尽管每个人的性格、品德千差万别，但从综合能力上看是差不多的。人的聪明程度差别本来就没那么大，在差不多的岗位上就更不会大到哪里。大部分员工的工作效果和他们的时间付出成正比。尤其是共事一段时间以后，谁工作多少个小时，大概可以拿出一个什么样的东西，基本是可以判断的。很多年轻的员工不明白这一点，总相信自己的聪明才智而不相信时间的付出，"聪明但不踏实"的印象就是这样留下的。

在20年的职业生涯中，我还没有看到一个不加班的人能够有超出常人的成就。道理很简单，加班让你在工作上比别人付出更多的时间。很多人梦想有更悠闲的生活，幻想能过上"农夫、山泉、有点田"的逍遥日子。在我看来，唯一可以实现的解决方案就是去做个体力劳动者，然后耐心等待国家实现共同富裕的那一天。否则，不管是做一名员工还是自己做老板，要想有一份好的收成和说得过去的社会地位，你就不可能摆脱在工作上超额付出时间的命运，即使你生活在一个发达国家也是这样，更别说在咱这发展中国家了。为什么会这样？这是因为今天的经济发展是以不断的创新和变革为前提的，创新、变革和竞争形成了对时间的过度要求。如果一个人只能提供较短的工作时间，那么就只能应付他所熟悉的工作——只有体力劳动者才会有这样的好运气。而对非体力劳动者而言，相互的竞争大体上是付出时间多少的竞争。

按照管理大师德鲁克的理论，在现代社会中所有靠知识工作的人都是管理者。通常，我们大部分人并没有自己的下属，但这并不意味着我们无须进行管理工作。我们每个人都有一个最重要的下属——自己的时间。大部分情况下，管理自己的时间就是管理自己的职业生涯。

德鲁克认为，时间的供给，丝毫没有弹性。不管对时间的需求有多大，供给绝不可能增加。时间也没有替代品，高效的管理者和他人最大的区别在于，他们非常珍惜并能很好地安排自己的时间。

对于时间管理，德鲁克给出的药方是：要随时记录自己时间的使用情况，要尽量多地腾出整块而不是零星的时间来应付最重要的工作，要尽量消除浪费时间的活动。

对工作投入更多的时间，同时管理好自己的时间，这是职场之路必须的选择。

做大池塘里的小鱼还是小池塘里的大鱼

倪考梦

大家都会遇到一个抉择：做大池塘里的小鱼，还是做小池塘里的大鱼？先亮结论：卓越者应当做大池塘里的大鱼，其他人应争取成为小池塘里的大鱼。当然，现实比这复杂。

畅销书作者马尔科姆·格拉德威尔在《逆转：弱者如何找到优势，反败为胜》中称：在某些时间、地点，做小池塘里的大鱼比做大池塘里的小鱼好。他以理工科学生为例，在能力水平差不多的情况下，普通学校的一流学生大多成了工程师、生物学家等；顶尖学校的二流学生则有很多人放弃了科学专业。做大池塘里的小鱼，相较于做小池塘里的大鱼，拿到科学学位的概率要低 30%。

为什么会这样？

一是"大鱼小池塘效应"，由心理学家赫伯特·马什和约翰·帕克于 1984 年提出，是指同等能力的个体，在平均水平高的团体中，其自我概念会降低，在平均水平低的团体中，其自我概念会提高。马什认为，进入大池塘的结局好坏参半。二是"相对剥夺"，这是"二战"期间萨缪尔·斯图菲提出的理论。格拉德威尔认为，"大鱼小池塘效应"就是相对剥夺现象在教育领域的应用。

基于这两个概念，格拉德威尔进而指出，决定你是否可以拿到科学学位的关键，并不是你有多聪明，而是在你的班级中，你觉得自己和其他同学相比有多聪明。遗憾的是，我们通常是通过和身边的人做比较来评估自己。所以，你的同学越聪明，你就会越觉得自己蠢；你越觉得自己蠢，你放弃科学专业的可能性就越大。大池塘录取了那些非常聪明的学生，却又使他们变得意志消沉。优秀的孩子本来是小池塘里的大鱼，到大池塘里成了小鱼，每天被卓越的孩子碾压，相对剥夺感强烈、信心受损、意志枯竭，最后不得不降低标准或更换专业。

我也补充两个概念。

一是达克效应。这是人类一种常见的认知偏差。能力欠缺的人会高估自己的能力，反之，能力出众的人会低估自己的能力。在小池塘里做大鱼让人变得有信心，在大池塘里做小鱼让人变得没信心。

二是泰格伍兹效应。这是社会网络科学权威艾伯特－拉斯洛·巴拉巴西的观点。泰格伍兹是超级明星，与超级明星竞争，他们会压迫你；与超级明星合作，他们会提升你。我推断，大池塘里的大鱼对内会挤压其他小鱼的生存空间，但是，对外他们会和"井水不犯河水"的其他小池塘里的大鱼合作。

当然，不管是大池塘还是小池塘里的大鱼，都会影响本池塘里的小鱼，只是角色定位不同。在大池塘里，你若只是小鱼，就必须习惯于备受打压。而且，池塘越大，大鱼和小鱼之间差距越大，相对剥夺感越强。

十年前，中国社科院社会政策研究室就在研究互联网带来的全民相对剥夺感。的确，平日里在线下跟身边的人比比还可以，但上网比就不行了。互联网是最大的池塘，有最大的鱼，相比之下，我们普通人不过是小虾米一只，都在食物链的底端。

那么，面对大鱼猛兽，被相对剥夺和碾压的小鱼小虾的无奈和焦虑怎么消除？

格拉德威尔在书里介绍了 20 世纪 60 年代哈佛大学招生部主任弗雷德·格林普提出的"快乐的垫底区域"策略。"不管一个班级的学生多么厉害，总有一些人是垫底的。"他想弄明白，"在这样一个高手如云的班级里，觉得自己平庸的这种心理会产生什么样的影响？"他开始寻找那些足够坚强，在学习领域外足够成功，可以顶住压力，在哈佛大学这个非常大的池塘里做一条小鱼而生存下来的学生。哈佛大学也开始研究那些有天赋但学术能力在班级排名靠后的学生，这项研究一直持续至今。

不过特别擅长找论据的格拉德威尔除了在书里提到这些学生可能足球踢得不错，没有引用该研究的其他发现，让人不禁担心，这个进行了半个多世纪的研究很可能不太成功，或者说这个"快乐的垫底"只是一种美好的空想。

奇怪的是，虽然大池塘有许多负面影响，但是人们很少去谈论，甚至追捧想象中的大池塘。诚如格拉德威尔所言："我们努力想要成为最好的、最厉害的，拼命地挤进那些最好的机构，然而我们却很少停下来思考，就像印象派画家那样思考，哪一个机构会给我们带来最大的利益。"

是的，我们必须停下来思考，琢磨一下怎么办。或许有两种策略，选择因人而异。

第一种策略：追求卓越，成为超级明星，做大池塘里的大鱼。超级明星效应的特点，就是优秀一点儿的能力表现，就可以带来超乎寻常的收益。大池塘的好处，是拥有更高的平台、更多的资源，可以进一步放大你的优点。你若卓越，就有机会乘风而上，赢家通吃。你可以量力而行、尽力而为，努力成为大池塘里的大鱼。

第二种策略：错位竞争，成为隐形冠军，做小池塘里的大鱼。如果我们只是优秀，但不卓越，那么做小池塘里的大鱼比做大池塘里的小鱼好。

小池塘虽然平台小、资源少，但是竞争也小，能给优秀的你更多机会，让你得到想要的东西。这种策略的关键，就是寻找适合自己的细分领域，通过正确的自我认知和准确的自我定位，来发挥比较优势。

当然，历史无法假设，我们无法确定，是否当初选了大池塘就必然长不大。不过，根据前文逻辑推断，在大池塘里长成大鱼的可能性相对小，经验也是如此。

春笋怒发

助你成功的 10 个职场定律

王志成　编译

担任《财星》500 家大企业咨询顾问与教练的美国哈佛商学院 MBA 生涯发展中心主任的詹姆士·华得普与提摩西·巴特勒博士曾做过一个试验：他们给受过高等教育的各年龄段白领人士打出整整 500 个电话，提出同样一个问题："你觉得才华对你一生的职业生涯很重要吗？"他们得到的回答都是肯定的。可是对另一个问题："那是否拥有才华就代表你能拥有一个成功的职业生涯？"回答却是百分之百的否定。其中一位在广告策划部上班的莎莉诉说，她的求知欲很强，工作也很勤奋，很快得到上司的信任。可她在同事间却不受欢迎，最要命的是，她不知该怎样做才能得到同事们的喜欢，这让她很沮丧。

看来，要想在职业生涯中获得成功，仅有才华是不够的，还需要明了在职场上特有的一些不成文的规范，如道德的修养、人情的练达、行为的文明、意识的理智等。这些东西无影无形，既属于智慧范畴，又属于情感范畴，詹姆士·华得普博士把这些因素称为"职场伦理"。

下面是成功者的职场伦理定律：

定律 1：自信——隐藏的资本

罗伯特大学毕业后到网络公司工作。他疯狂地工作，除了想换取财富自创事业外，也想有一份成就感。可自从纳斯达克的神话破灭后，几乎所有的网络公司都开始"削减成本"，媒体也在每天宣传网络公司如何穷途末路。在公司领导层还没有任何表示时，罗伯特已经感到惶惶不可终日了。

罗伯特这时最需要的是沉着和冷静，他应该知道人生起伏是再正常不过的事。但这需要自信作依托，要相信自己是最好的。退一步讲，即使真被辞退，他也应该这样想：很多成功者是在逆境中开始成长的，也许我的机遇也要来了。自信是隐藏的资本，它能使人在每一次忧患中都看到机会。

定律2：宽容——融洽的通道

琼丝在电脑上的设计方案被同事窃取了。她在愤怒之后，开始冷静思考，这位同事为什么那样做？她真诚地尝试替同事设身处地地想："她一直是个有信誉的人，这一次，我想应该另有原因吧。"她理智地找到同事，证实确实事出有因。

后来，这位同事对朋友们说："当琼丝需要我时，我会献出一切。"

定律3：坚忍——时间会证明一切

因为关系到升职、加薪，戴维斯被同事暗箭中伤。"开始当然是愤怒极了，我想对他进行还击。可是，有朋友对我说，如果你跟这种人纠缠，结果对你自己的伤害更大。你想释放出心里的愤怒，会惹更多麻烦。你现在沉默，时间会证明一切，那样你会赢得尊重，赢得更多朋友。"

戴维斯说："我于是就把伤害当成一个笑话。仔细想一想，如果一个人具备了坚忍的素质，那么除了你自己以外，没有人能伤害你。"

定律4：称赞别人——自己也会得到称赞

伊丽莎白说起自己是如何处理好与公司一位"后起之秀"的关系时深有感触地说："老实说，开始时我很嫉妒她，甚至心里有过非常阴暗的想法。看到大家跟她相处得那么好，我开始莫名其妙地也恨起那些同事来。我开始用一种尖酸刻薄的态度对大家，总是无事生非，结果大家都开始讨厌我。

我差点要呆不下去了。"

"但我很喜欢这份工作,不想离开这里。于是我试着去称赞她,我没想到的是,到最后我竟真的发自内心地觉得她确实优秀了,和她的关系也越来越好。同时,我也得到了同事们越来越多的称赞。"

定律5:敏锐——必须时刻具有危机感

克拉格在游戏软件开发行业一直保持着旺盛的势头,原因是他不仅注重游戏软件开发本身,还深谙"嗅觉"之道。他说:"人的最大错误,总是在不知不觉中犯的。你必须时刻提高警惕。这是一个科技资讯时代,原来是十年一个代沟,可现在几乎一年就是一个代沟了。越来越密集的代沟,让人一不留神就被淘汰了。"

"你以为我是一个天才吗?错了。我只是一个敏锐的人,可我总是担心自己不够敏锐,随时有可能卷铺盖走人……"时刻具有危机感,是克拉格不被辞退的最大原因。

定律6:热情——好似阳光普照

格拉芙形容自己是个不拘小节、心宽体胖、喜欢傻笑的人。而在同事们眼中,格拉芙是一个乐于助人、不求回报的人。她在离开原来供职的公司前,公司为她开了一个欢送会。

老板给了她一句赠言:相信每个人都有同样的感觉,一位热情的人好似一轮太阳,把光芒照耀在周围每一个人身上。

"当时我大吃一惊,想不到居然大家都那么舍不得我走,说会想念我,我真的很感动。"格拉芙说。

定律7:信任——做到这点需要宏观视野

欧斯特决定跟一个同行合组公司时,遭到很多朋友的反对。他们一致认为,那个同行是一个有问题的人,和他合伙,肯定不会有什么好结果。欧斯特却说:"不,那是我的事,我信任他。"他说得很干脆。

欧斯特觉得，与人合作就像谈恋爱，如果彼此间没有最基本的信任，不把眼光放长远一些，怎么可能走到一起呢。

定律 8：真诚——很多困难不复存在

茱库丽娃是一位出色的记者，所有的被采访者都真心接受她的访问。不管面对的是一个怎样的被访问者，她从不咄咄逼人。她的采访宗旨是：使每个采访对象感到舒服、自然。她的真诚使对方如沐春风。茱库丽娃解释说："真诚是来自你内心的东西。如果大家都敞开心扉，很多困难便不复存在。"这种真诚确实使她赢得了成就——获得"北美十大记者"之一的美誉。

定律 9：尊重——相互回应的法宝

比尔是一个受欢迎的 CEO，在公司捉襟见肘时，没有人离开他，大家与他一起渡过了难关。职员们说："因为他尊重我们。他从来没有自己的办公室，一直和我们挤在一起。

他和我们一起挽起袖子修电脑，客户常以为他只是一个技术员。他从来不说废话，总是听我们说。"比尔认为：我们生活在一个快餐时代，如果有话要说，就快点说，然后也给别人一个说话的机会。你尊重对方，对方才会尊重你。

定律 10：踏实——一步一个脚印

伊菲莉娅在三个月试用期过后，顺利签下了一份正式合同。而另一个同期试用、被全面看好的应聘者却没有她幸运，因为两个中间必须走一个。伊菲莉娅总结说："我知道我行。要知道那些成功的人，都是一步一个脚印的人，他们每天都在用心做好每一件事，占据走向明天的最佳位置。我想我也是这样做的。"

伊菲莉娅说："落聘的她确实是个聪明人，有善于钻营的本事，左右逢源的能力，可是这并不能使她无往不胜。因为她不能给人踏实的感觉。"

书本智慧与街头智慧

所长林超

很多人可能不知道,你所学的知识在很多时候都会限制你的思想和行为。对一个只有一把锤子的人来说,任何问题看起来都像钉子。我以前就调侃过,有些学经济学的人,看什么都是经济学问题;做管理咨询的人,到哪儿都喜欢搞思维框架;学技术的人,也会迷信技术能够解决一切问题。这些都是被自己所学知识绑架的例子。

那么,我们该如何解决这个问题,摆脱思维僵化的状态呢?

查理·芒格曾给出一个答案:当你拥有足够多的工具时,"锤子"式的认知偏见就会消失。简而言之,如果一个人掌握了足够丰富的多元化知识,就相当于拥有了多种工具,并且会有意识地与"锤子效应"对抗,在通往成功的道路上迈出建设性的一步。

据我个人总结的经验,年轻人现在主要能通过两条路径实现这一目标。

第一条路径就是跨学科学习。所谓跨学科学习,就是要求我们不断地向代表知识和技能的工具箱中添加新的思维工具,只有当工具足够多、涉及的面足够广时,我们的视野才会打开。于是,面对人生的各种场景变化,我们都能找到应对的工具。这就是所谓的读万卷书,也叫书本智慧。

第二条路径就是到真实的生活中去摔打、感受、体验、受伤,然后恢复,长时间以肉身与残酷的概率世界碰撞，用血和泪的教训沉淀下一种叫作"经验直觉"或"体感"的东西。这属于街头智慧。

以上两条路径，到底哪一条路更适合我们呢？

秩序分界与人生选择

在跨学科学习这条路径上，最危险的就是自己明明读书还不够多，却自以为已经读了很多书的时候。这时，你可能会变得很有主见，对未来充满憧憬，其实你对世界的理解还非常片面，这也是你一生中最容易踩坑的时候。就像打得州扑克一样，输最多钱的情况往往不是因为拿了一副烂牌，而是以为自己拿了一副好牌，一路下注跟到底，结果对手的牌比你的更好，导致你一次就输得血本无归。

所以，年轻时只读过几本好书，缺少在真实世界摸爬滚打经验的人，反而容易变得僵化和执着，思维也容易被一些看起来很优美的理论观点绑架，总是试图在变动不居的世界中套用这些理论。比如，有些人喜欢巴菲特、乔布斯，认为他们的方法论是世界上唯一的真理，这是因为这些人完全不懂辩证法。

如果要画一张人类社会的秩序分界图，那么这幅图就像一座火山，火山两边自上而下呈对数形态展开。山顶是高度有序的，被称为低熵状态；山脚则是高度无序的，被称为高熵状态。有序与无序之间是有一条秩序分界线的。这种对数形态就决定了自下而上的分布人数是呈非线性减少的。

这也说明，大多数位于秩序分界线上方的人很难体会到分界线下方人们的生活，也难以获得分界线下方那些人所拥有的经验。就像能写出畅销书的人，大多数分布在秩序分界线上方。他们当中的很多人是名牌大学的毕业生、大学教授、公司高管等，他们的人生不能说一帆风顺，但至少对阶层逆行很难有深刻的体会。

然而，绝大多数商业理论的提出者，在真实世界的竞争中有可能拼不过那些虽不怎么读书、社会实践经验却十分丰富的对手。因为后者走的恰恰是人生成长的第二条路径，他们具有街头智慧，能更好地适应这个社会。

走书本智慧和街头智慧这两条路径，也相当于选择了秩序分界图中自上而下和自下而上两种不同的成长路径。那么，哪种成长路径更适合自己呢？这取决于踏入社会时，你的社会生活起点是什么。

根据自身现状选择成长路线

在生活中，我们经常会碰到这样一些人：他们头脑聪明，家境不错，读的是名校，所学专业很热门，也经常被好运气眷顾。他们一迈入社会，往往就能找到一份不错的工作。

这些人就属于起点比较高的人，世界在接纳他们的时候，早已把无序和混乱的那部分挡在了外面，使得他们一起步便跨过了秩序分界线，从火山腰部开始爬山。他们的人生不确定性已经大大降低。

这类人就适合选择书本智慧的成长路线。在成长过程中，他们遭遇的最大陷阱将是单一知识体系的诅咒。如果接触的知识面太窄，他们会很轻易地认为自己已经十分了解全世界。不过，对他们来说，通过不断地学习和探索，掌握跨学科知识，是可以解决很大一部分人生难题的。

而绝大多数年轻人在刚刚起步时，是位于秩序分界线下方的，一上来就能拿到一副好牌的年轻人毕竟是少数。无论是学业平庸、职业不顺，还是被家庭拖累、恋爱崩溃、身体患病，各种各样的情况都可能让一个人在刚开局就掉在良性循环的外面，必须在社会上挣扎摸索很长一段时间。

对这部分人而言，单纯地依靠书本智慧是远远不够的。如果他们想突破自己，就必须磨炼自己的街头智慧。

想赚大钱，就要学会分解目标。想赚100万元，就要先从赚1万元开始；不管遇到什么困难，要专注、清醒地思考和计算，而不是抱怨和哀叹；只要能比普通人忍受更多痛苦，就会有其他人得不到的机会向你敞开大门；天下没有卑微的工作，赚钱的机会就在泥里找，收废品、扫马路、发传单……都可以成为赚钱的机会；认清自己的优势和弱点，用自己的优势赚钱，不去死磕缺点，等等。

这些方法和经验都需要人们在现实中摸爬滚打才能一一总结出来，单从书本上是很难学到的，甚至在摸索的过程中，还要经历很多痛苦。因为你必须拿肉身去碰撞这个世界，往往撞一次还不行，必须撞很多次。这个过程是对人的意志力、体力和智力的全方位考验。

但是，这些磨炼也让拥有街头智慧的人具备很多优秀的特质。比如，懂得察言观色，善于捕捉对方的需求；务实，不对未来抱有不切实际的幻想；对自己的目标认真专注，能够承受完成目标过程中遇到的痛苦和挫折。

他们没有学院派常见的书生意气，他们思考的永远都是很实在的事，比如怎样搞定人、搞定事、搞定钱。

也许有人不认同，觉得这种做法太世俗。但我认为，任何知识、智慧和想法，如果不能变成结果，就只能算你的潜力，而不是你的实力。仅仅拥有书本智慧的人如果能明白这一点，对未来的成长和发展是很有帮助的。

务实地选择职业类型

如果你一开始就处于秩序分界线的上方，那么你的人生可能会比较顺遂；但如果你位于秩序分界线的下方，想要突围而出，就必须将书本智慧和街头智慧结合起来。既要有优秀的知识储备作为基础，又要有在现实生活中摸爬滚打的实战经验，这样才能让自己拥有各种优秀的能力，扭转人生的不利局面。

其实不光是人，国家也是一样的。今天的中国之所以能够崛起，就是因为走过了一段将书本智慧与街头智慧充分融合的历程。过去的数十年，中国从百废待兴到不断壮大的方法论可以总结为4个词：重视科技、开放学习、实用为王、不断改革。这4个词对今天渴望不断突破自我的年轻人来说，同样具有深刻的启发意义。

对于家庭经济基础不太好的同学，学习理工科是改善困境的好武器。更准确地说，从事工程师类的职业，更容易在就业市场占据优势。要知道，工程的核心是实现，科学的核心是发现，艺术的核心是表达。其中，实现能力是一个社会发展所必需的，这就使得工程类学科的学生可以在社会上获得更多的工作机会。

但是，这并不代表工程师类就是唯一值得关注的职业类型。还有一类职业也很能锻炼人，那就是营销。如果说工程的核心是实现，那么营销的核心就是变现。商业活动的关键，是把东西生产出来，再卖出去。

营销是典型的实践出真知的职业，也是最能体现街头智慧的职业。但是，做过营销的人都知道，干这行很辛苦。正因为如此，很多人遇到困难就放弃了。当然这也没什么不对，世界本来就是这样运作的，很多人会中途下车，能够到达终点的只有少数人。

我认为大家要有开放的心态，多接触那些已经被证实的成功方法论，研究其中哪些是可取的，哪些是不可取的，然后选择最适合自己的方法论并充分利用。但同时我们也不要完全生搬硬套别人的成功经验，还是要立足于自己的实际情况去做决策。

然而在现实生活中，很多人容易陷入两个极端。一部分人完全不听、不看任何先进的知识和方法论，觉得那些东西就是假大空、"割韭菜"。

还有一部分人刚好相反，沉迷于各种理论，张口闭口都是大道理，完全不顾及自己的实际情况。

陷入这两种情况的人，都容易把自己的人生过得很糟糕。

大事看概率

刘 润

到底什么是"概率思维"？

首先我们需要认识到，影响创业能否成功的重要因素之一，就是概率。

从创业的第一天开始，创始人每天甚至每小时都会面临无数决策，而大多数决策是"不完全信息决策"。

如果确定选 A 就能赚 5 元钱，选 B 赚不到钱，我们肯定会选 A。这种掌握了全部信息的决策，是"完全信息决策"。而现实往往是，选 A 和选 B 具体赚多少钱，并没有准确的数据；A 和 B 之外有没有别的选项，也不清楚。

面对此种"不完全信息决策"，你即便再聪明、再努力，都有可能面临失败。这就是信息不完全带来的"概率问题"。所以要理解概率、承认概率，然后找到一些方法，对冲概率，减少概率对我们的影响。

那如何对冲概率呢？首先要找到大概率成功的事情。

从重要程度来说，可以分为千位、百位、十位、个位几个层次。时代是对冲概率的第一要素，我把它的重要性排在千位。顺应时代的人能获得巨大的概率优势，从而取得成功。

比如，数据显示，电商的无线成交占比大于 90%。也就是说，在这个时代，90%以上的网购者是通过手机下单的。

这就意味着时代变了，原来在PC（个人电脑）端展示商品信息的方法行不通了，现在必须在约5英寸大小的屏幕上把产品信息讲清楚，才能享用时代带来的概率优势。

处在百位的是战略。过去中国企业有种非常重要的战略，叫作跟随性战略。德国人制造业做得比我们好，日本人服务业做得比我们好，美国人高科技行业做得比我们好，他们走在前面，我们在后面跟着。走到一个路口，有人向左转，有人向右转。假如向右转的人都死了，那我们只需要学习向左转的那些人，这就是跟随性战略。如果你选择了向右转，那么你再聪明、再努力、再懂得管理，都没有用。

跟随性战略相当于别人帮我们排除了一定的失败概率。所以说战略也是专门用来对冲概率的。

处在十位的是治理。治理指的是结构，比如股权制度、合伙人制度等。

有一句话叫"结构不对，什么都不对"。举个例子，两个人合伙创业，如果每人持有50%股份，那么这个公司大概率很难获得发展。因为未来有很多的决策要做，他们所持股份相同，也就意味着谁也不会听谁的。没有核心领导，大家会吵得不可开交，公司会死在起步阶段。

如果在千位、百位、十位上踏错半步，之后的努力就显得微不足道了。

处在个位的是管理。管理是指你有没有找对做事的人、有没有梳理好流程、有没有设计好针对员工的激励机制等很多事宜。管理非常重要，如果没有做好管理，成功的概率也会降低。

"概率思维"需要你心平气和地承认，即便你做对了所有事情，成功的概率也不高。以今天的互联网行业为例，成功率不超过5%。然后你应该再思考用什么方式提高概率。

千位上，摸准时代的脉搏，可提高12%；百位上，选对战略，可提高

5%；十位上，设计合理的组织结构，可提高 2%；最后在个位上做好管理，提高 1%。这样，一共可提高 20%，加上原来的 5%，你成功的概率就变成 25%。

这就是概率思维，是这个时代的创业者应该秉持的底层思维。理解和运用概率思维，去增加好运气，避开坑和陷阱，创业者才可能在成功的路上走得更远。

好"柿"发生

纵身一跃

刘荒田

二十多年前的一天,我驾车去旧金山国际机场,迎接一位从欧洲回来的朋友。他是一家媒体的记者,刚刚离开硝烟未散的科索沃战场。他把行李箱放上车时,特地让我看箱子上贴的一个标签,解释说,这是"全球战地记者协会"的标志。在车上,他说起此行的种种,语气平淡,言下之意是职责所在,尽力而为罢了。说起这个不久前接纳他为会员的团体,他洋溢着豪迈之情:"老会员天天和死神擦肩而过,都是地道的亡命之徒!我在采访途中认识一个土耳其籍的中年男人,全世界哪里开战、死人,哪里就有他。几年前在非洲采访,被弹片打中,一条腿给削掉半边,进医院疗养半年,好得差不多了,一听科索沃开战,一拐一拐就上前线了,我是在阵地旁和他见面的。"

朋友说在欧洲天天吃乳酪加面包,腻死了。我陪他进唐人街的中餐馆,以正宗粤菜解馋,边吃边谈战地记者这个群体。我问他:"出生入死为了什么?"他说:"表面看是为了报酬。这些没有国籍的自由人,并不是媒体巨头的正式雇员,需要靠出售新闻赚取生活费。好在,亲临前线拍下的照片,各大通讯社必出高价。不过,这一职业连保险公司都拒绝投保。"我苦笑着自问:"时时刻刻和死神较劲,这活儿能干吗?"

饭后，我们在街上逛，路过一家鱼店，从门旁的大鱼缸传来"扑啦"一声。我抬头看，一尾鱼从水面一跃，腾空划过一道银光——所谓"跃龙门"，姿态不过如此。鱼"嗒"一声摔在过道上，继而以"游水"的身姿剧烈摆动。我向站在柜台另一边的店员示意，他一点也不着急，慢条斯理地走出来，说："不必问，准是那一条。"我看着地上蹦跳的鱼，俗称"老鼠斑"，石斑中价格最高的一种。店员一把抓住它的腮，往鱼缸一扔。他对我们说："一天起码跳出缸外十次，我们叫它冠军——跳高冠军。""冠军"回到缸里，闪电一般在鱼群中穿插，搅起水泡串串，果然是厉害角色。

友人指着鱼说："它一跃是不是徒劳？是的，怎么折腾，目的地也不会改变——鼎镬，除非侥幸遇到买下只为放生的善人。"他"点题"了——战地记者不就是不甘心活在缸里的鱼吗？

送友人到旅馆以后，我独自回家，脑际翻腾着"鱼跃"的意象。是啊！波澜不惊的人生是"鱼缸"，人的最后归宿概莫能外。跳到缸外的鱼被捡回来，一如战地记者穿着沾满战尘的夹克归家。他安宁的家中，可预测、少变化的"日常"等候着他。

人九死一生之旅与鱼纵身之跃有意义吗？如果有，在哪里？想起友人刚才出示的采访照片，其中一幅，他坐在坦克的履带旁边，一手拿着照相机，一手拿着烟斗。他告诉我，是土耳其同行替他拍的，地点就是一个小时前炮弹横飞的战壕前。

"冠军"不管缸外是不是大海，高处有没有"龙门"，一跳必摔在硬邦邦的地板上，必被抓回去，但出于本能，还是跳了。战地记者亦然，他们在乎的仅仅是彻底、酣畅的自由，哪怕为时短暂，代价高昂。

原来，人生的高度难以被重复出现的庸常事件所标识，它只呈现于最精彩的时间，哪怕一瞬；最大限度地释放激情的场合，浓缩着所有变数，充满危险、刺激，却使生命迸发炫目的光彩。

人生有标准答案

〔韩〕宋贞渊　赵　杨　译

很多人都说，人生没有标准答案。父亲却常说，人生有标准答案，而标准答案是靠自己书写的。

父亲说，做生意的人辛辛苦苦地大清早起来做好准备，客人来了便高兴地跑出来迎接，这样生意才能做好。在感动别人之前先要勤快得感动自己，这样的人做生意没有做不好的。

如果想知道一个人的明天什么样，只要看他今天是怎么过的就可以了。今天如何生活是明天的答案，明天如何生活是今天的结果。

本来想好好干，因为有障碍所以没干成，这样的辩解父亲不喜欢听，他经常说的是："总是晴天，人就旱死了，天天都是大太阳你试试，那土地就成沙漠了。下下雨、刮刮风，人才能得到历练。"

父亲对因事业失败而哭泣的哥哥说："你的人生还没有结束，将来还可以东山再起。"他说，人生中最艰苦的不是坏天气持续的时候，而是万里无云的时候。

"有坏事临头，这就是人生。趁着摔倒了，捡起点儿什么再站起来就行了。"父亲喜欢善于坚持的人甚于才能出众的人，他告诫我们，忍耐比才能重要，人生不是活下来的而是活出来的。

亚洲首位葡萄酒大师李志延，为了挑选美味的葡萄酒，甚至需要到葡萄园确认地里的泥土，并要研究当年的天气情况，因为只有葡萄树承受了压力才能酿成真正美味的葡萄酒。什么时候下雨，什么时候出太阳，如果那一年的天气太规律，那么葡萄酒的味道是比较平淡的。与天气规律的年头相比，如果某一年经常出现突然刮风的现象，或者与往年相比，雨下得很突然，葡萄树承受了压力，这样结出的葡萄酿出的酒就是上品。

如同葡萄树承受了压力，其结出的葡萄才能酿出美酒，人也是如此，真正活得精彩的人是战胜困难的人。只有经历过困苦，才能感受人生的甜蜜，而真正重要的是，只有经历过痛苦的人才能理解别人的苦痛。

无事饮茶

坚持等待的人（外一篇）

岑 嵘

在浙江横店，有一群被称为"横漂"的群众演员，他们工作很辛苦，有时需要在夏天穿着厚厚的戏服，有时需要在泥水里翻滚，但收入很低。对大多数"横漂"来说，让他们坚持下去的理由，就是成为知名演员的希望。

还有很多人，坚持不懈地写小说，几乎将所有的业余时间都花在这上面。他们接到出版社一次又一次的退稿信，而让他们坚持的，是有一天自己的作品成为畅销书，被放在书店显眼位置的希望。

《黑天鹅》的作者塔勒布把这样的职业称为"成功集中"的职业，因为"他们把大部分时间花在等待重大日子到来的那一天，而这一天，通常永远不会来"。

能坚持这样做并不是一件容易的事情。人们习惯于从一系列稳定的、小而频繁的奖励中获得快乐，奖励不需要很大，只要频繁就行。我们的祖先每天出发去打猎或采集果实，他们需要当天或者几天内就得到成果，而不是等上几个月才猎到一头大象，那样的话捕猎者恐怕早就饿死了。

同样，如果我们一年赚了100万元，在之前的9年中一分钱也不赚（假如还不至于饿死），与在相同的时间里平均地获得相同的收入，即10年内每年获得10万元的收入，带来的幸福感是不同的。实际上，你的幸福感更多地取决于正面情绪出现的次数，心理学家称之为"积极影响"，而不是某次正面情绪的强度。

也就是说，只要是好消息，它究竟有多好并不重要。想要过快乐的生活，你应该尽可能平均分配这些"积极影响"，大量的、小小的好消息，远比只有一个非常好的消息更令人感到幸福。

我们常说，一场胜利会带来另一场胜利。当我们经历一场胜利后，激素的分泌会加速身体的反应，视觉会变得更敏锐，耐力也会增强，同时具有更无所畏惧的心态。然而失败也是如此，长期的失败会减少我们的激素分泌，我们的压力变得越来越大，直至破坏心脑血管，在一连串的失败后，我们不再相信自己有能力掌控自己的命运，这就会处于"习得性无助"状态。在这种状态下，动物会表现为，即使把笼子的门打开，它也不会逃走，而人则会自暴自弃、心灰意冷，坐在椅子上发呆。

当一件事情长期没有正面反馈时，这种长期的失落，还会损伤人们的大脑，侵蚀记忆力。海马体是掌管记忆的组织，也是大脑最敏感的部分，这一部分会吸收反复遭遇的打击造成的伤害，比如由于每天持续的、少量的不良情绪造成的长期压力。长期压力会对海马体造成损伤，使其发生不可逆转的萎缩。

因此，当你立志从事这些"成功集中"的职业，有时需要自己为自己创造奖励，即便你每一天都在作为群众演员为生计奔波，也仍可以总结出今天相较于昨天的进步；当你埋头创作那些无人赏识的作品时，起码你要认可艺术和文学本身就能给你带来快乐。

人们总认为某些成功的榜样能带来力量，比如"王宝强曾经也做过群众演员""《平凡的世界》也被退过稿"，等等。但是，成功向少数人集中的问题，不单使大多数人无法得到奖励，而且还造成了等级差异。当片场里那些明星颐指气使的时候，手捧盒饭的"横漂"们感到的或许不是激励，而是体面与尊严的丧失。

等待是如此艰难,那么我们该放弃这些为了希望而坚持的努力吗?

这个问题的答案并非简单的"应该"或"不应该",它其实是一种筛选机制。通过这种艰苦条件,才能筛选出真正有信念的人。而人类历史的进程,往往与这些能够坚守、推迟获得满足感的人有关。如果只着眼于眼前,航海家何必耗费数年去远洋航行,物理学家又何必耗费一生去寻找某个未知的粒子。于1977年发射的"旅行者1号"卫星如今仍在茫茫太空中飞行,当它获得"大奖"传回太阳系以外的珍贵信号时,那些设计它的科学家大都不在世上了。这可能就是对人类的坚持与等候的最好诠释。

失败的故事

2009年,一个叫卡斯·菲利普斯的人决定创业。她经过一番市场调研,发现创业失败的概率非常高,于是运用逆向思维,创办了一次"失败大会"。

"失败大会"的主题就是说出自己创业失败的故事。首届会议吸引了400名参与者,他们大多是来自硅谷的互联网企业创业者。在会上,他们敞开心扉,分享自己的失败故事。

之后每年,菲利普斯都会组织"失败大会",微软、亚马逊等公司纷纷提供赞助,一些知名企业的创始人也乐于加入,分享自己失败的教训。

失败为何会变成一件如此吸引人的事情?

如果你是古巴比伦时代的商人,你生意失败并欠了钱,那么根据《汉穆拉比法典》,你会变成奴隶以偿还债务。如果你处在18世纪、19世纪的欧洲,你的工厂欠债倒闭,你会被关进债务人监狱。作家狄更斯的父亲就曾被关进这种监狱,以至于狄更斯在童年时代流落伦敦街头。这段经历,后来被狄更斯写入半自传体小说《大卫·科波菲尔》。

那些时代的人,无法接受失败的命运,因为失败意味着耻辱、毁灭甚至死亡。可是今天，人们对失败的看法完全不同了。当今时代的特点是"快"，各种新事物层出不穷，按照摩尔定律，芯片的性能每过18个月便会提升一倍，所以当你什么都准备充分，机会却早已消失。美国企业家里德·霍夫曼说："如果你推出的第一个软件版本没有让你感到不好意思的地方，那么这就说明你出货太晚了。"

在变化如此之快的社会，失败不但是家常便饭，更是一种资历。世上的成功大多相似，而失败却各有各的原因。多一次失败，意味着多一份经验。因此，创业者和技术人员都把失败看作开启成功大门的必经之路，难怪硅谷很流行一句话："迅速失败，经常失败。"

既然失败不可避免，那么就把它看作一份礼物、一种荣誉吧。新的"失败文化"正在形成，剖析失败成为身份的象征，失败者得到充分的尊重。别人的失败经验也许就是你成功的捷径。聪明地失败，从失败中吸取教训，变成一项越来越重要的技能，在这个领域失败的商业模式可能在另一个领域就能获得成功。人们开始意识到，失败会导致更好的实践、更加清晰的思维和更有想象力的解决方案。有过失败经验的人可能不会害怕再次失败，因此更愿意尝试新事物。

"经常失败，以便及早成功。"就是在这种理念下，20世纪90年代，一家制药公司开始举办"失败派对"，以纪念那些做得很好，最后却没有获得成功的研究工作。他们认为，这些失败同样值得庆祝，没有失败，哪来的成功？

曾经担任微软首席技术官的内森·梅尔沃德说："当有人说自己永远不可能失败的时候，他们要么是自欺欺人，要么只是在做一些无聊的事情。"一名律师曾向梅尔沃德吹嘘，自己从未办砸过任何一个案件。"我明白了。"梅尔沃德对律师说，"你只做简单的事。"

主动的意义

〔英〕艾萨·贝斯克　　乔凯凯　译

"祖母,我能不能被约克导演选中?"我问祖母。祖母把眼睛从报纸上移开,看着我说:"我不知道。"一个上午,这样的对话发生了3次。我知道,祖母也许会因此而不耐烦。此刻,我脑子里全都是这个问题,根本无暇顾及其他,我甚至连早餐都还没有吃呢。

上周,我和哥哥麦迪一起参加试镜。约克导演打算拍一部电影,要从学生中挑选小演员。如果我能够和明星一起演戏,那该是一件多么有趣的事情呀!约克导演告诉我们,周日之前会通知我们试镜的结果。今天是最后一天了,可是我还没有接到电话。

"麦迪呢?"祖母突然问。"好像在房间写作业。"我心不在焉地回答。祖母又问:"你的作业写完了吗?"我摇摇头。我哪有心思写作业呀!

"你可以给导演打个电话,询问试镜的结果。"祖母说。祖母的话吓了我一跳。"不,不可以。"我怎么可以主动给约克导演打电话呢?这会令他产生反感。况且,万一他告诉我,我没有被选中,那我该多难过啊!

"亲爱的,只有两个结果,一是被选中,二是被淘汰。你主动打个电话,只是早一点知道结果而已。"祖母看着我说,"不管结果如何,早一点知道,至少不会像现在这样坐立不安。"

在不确定的等待中煎熬，实在是一件痛苦的事情。我既无法挣脱又不能控制，还耗费心力，折损了做事的效率。我鼓起勇气，主动给约克导演打电话询问结果，得知我和麦迪都被淘汰了。但奇怪的是，我并没有像想象中那样难受，反而有一种轻松的感觉。接下来的时间，我回到房间，开始做自己的事情。

我很庆幸，祖母教会了我一个重要的道理：当你为一件事情焦虑不安时，就要主动出击去寻求结果，不管结果是好是坏，你都会从之前糟糕的状态中解脱出来。这就是主动的意义。

满怀希望

明明胜券在握

苏 岑

在谈业务的时候，很多人会有这样的疑惑："一场业务谈下来，明明感觉不错，以为是稳操胜券，可为什么事实正好相反？对方明明对我很和善、有礼貌，我提出的每项建议，他们都答应得干脆利落，可为何真到了签约时就全盘推倒呢？"

说白了，这并不是因为对方出尔反尔，或者故意要你，而是因为你没有读懂对方的"拒绝"。

拒绝一个人有很多种方式，不是只有冷冰冰地说"不"才代表他不赞同你。当端坐在你对面的人，不假思索地频频说"是"时，这也可能是一种拒绝。

这就是人的心理。让一个受过高等教育且深谙社交礼仪的人张口连连说"不"，是很不容易的一件事，他们所受的教育也不允许他们这么做。于是他们常常用表面的谦虚与和善来掩藏内心的不赞同，这也是本能的一种防卫手段。

在日常生活中也是如此。想一下，如果你讨厌一个人，那你可能会对他格外客气，特别客气，极端客气，客气到令他深感不自在。于是他就能明白：哦，原来你不喜欢我。

所以当你遇到类似的情况时，千万不要被对方友善的态度蒙住了眼。一个人对你很客气，有可能说明你的话根本没有进入他的脑子。这场约会结束后，你不必对他抱有太大的希望。

或许你还会问："那么如何才能看出对方接受了我呢？"

如果听着你的话，他若有所思，无所应答，似在踌躇，那么，他至少动了脑子。

如果面对你的笑，他开始解除戒备跟你开玩笑，那么，他在心里已经接受了你。

如果谈话结束，他竟然大大方方地跟你聊些私事，那么，这次合作十有八九要成了。

这就是人心的规律。

惊奇元素——好故事的秘诀

李南南

在好莱坞的剧本评估里,一直有一个首要考虑项,叫作"惊奇元素"。也就是说,你的剧本能不能用一句话,概括出一个让人感觉惊奇的元素。假如这个惊奇元素成立,你的剧本就能进入下一步;不成立,则不能立项。

几乎所有的好故事,都能找到这样的惊奇元素。

比如,一个男人含冤入狱,在牢里十多年,用一把小鹤嘴锤,挖出了一条通道,最终逃出生天。没错,这是电影《肖申克的救赎》。

比如,一个年轻人同时爱上了很多姑娘,这些姑娘也爱他,但是,最终他发现这些姑娘都是他同父异母的妹妹。估计你也猜到了,这说的是《天龙八部》里的段誉。

再比如,一个小男孩为了救出母亲,决定向神宣战,并劈开了一座大山。这说的是《宝莲灯》。

所有惊奇元素,本质上一定要满足两个条件:第一,能用一句话说清楚;第二,颠覆了你通常的想象。只用一把锤子,怎么可能挖通监狱呢?同时爱上的四五个姑娘,怎么可能都是他妹妹呢?一个小男孩,怎么可能向神宣战呢?

惊奇元素一定要简洁,且颠覆常识。不仅电影如此,大多数畅销书也都具备至少一个惊奇元素。

比如，《人类简史》的惊奇元素是，过去我们都觉得智人之所以能在进化中胜出，能战胜尼安德特人，是因为智人更聪明、更强壮。但事实上，尼安德特人不比智人笨，虽然个子比智人矮，但是力气更大。智人之所以胜出，不是因为智力，而是因为想象力。是想象力，让智人能够在更大范围内形成一个共同体。

如果你要去应聘，想用一句话吸引面试官，也可以借鉴惊奇元素。比如，你本来想说，你很会培养人才。你可以换个说法，"我有个管理心得，大家都觉得人才是培养出来的，但我认为不是，人才是在一个好的机制里自己成长出来的，我很擅长打造这样一个好的机制"。有这么一句带点颠覆感的话，就会使你更容易被记住。

用表达公式掌控整场面试

程 驿

面试是低效率的沟通

许多管理学家都表示,面试是各种现代化谈判形式中效率最低的一种方式。耶鲁大学的詹森·达纳甚至发表文章说,这种 25 分钟左右的面试交流,通常看不出来一个人的真实水平。

这个观点有点颠覆,我们来看看心理学方面的解释。

首先,我们要理解面试的核心是权力关系,而不是单纯的别人考查你的能力。

面试官决定应聘者能否来这家公司,他就拥有了权力。应聘者为了迎合这种权力,大脑会在一开始就不由自主地去试探考官的偏好,这时候难免显得不自然和相对保守。随着慢慢地进入状态,应聘者的表现会越来越好。然而,面试官的情况却是这样的:一开始对应聘者满怀期待,随着面试的进行,关注度会越来越低。

这正好是一个矛盾的过程:考官特别关注你时,你却状态欠佳,让人失望;等你拿出最精彩的表现时,考官却意兴阑珊,忽视了你最好的一面。

通常情况下,从应聘者回答第一个问题开始,这种被动情况将不可逆转,双方都进入了一种认知偏差。

校正偏差

面试时,如何破解面试官的认知偏差呢?高手的做法是,主动,主动,再主动。

无论当天的氛围如何,面试官提出哪些刁钻的问题,你都要学会巧妙地把自己已经设定好的面试表达公式展现出来,让自己掌控整场面试。所以,我想到了木马计,那场战争策略的巧妙,堪称经典。

借用其中的场景,我把它称为"攻陷特洛伊城",用以解释什么是面试表达公式。核心有以下三点:

一、特洛伊——确定双方需要共同解决的问题。

二、阿喀琉斯之踵——故意暴露自己的弱点。

三、木马屠城——用放大视角进行表达。

共同解决一个问题

斯巴达国王的妻子海伦跟特洛伊王子帕里斯跑了,国王叫上自己的哥哥阿伽门农,扬言势必报仇,他们目标明确——攻陷特洛伊城。

在面试中,你和面试官也有一个明确的目标——确定双方正在共同解决一个问题,而不是进行毫无意义的拉锯战。

比如,一个没什么工作经验的应聘者是这样应试的。应聘者:"我不骗您,我没有做过互联网和策划方面的工作,您肯定在想,有没有必要聘用我这样没有经验的新人。"面试官:"是的。"

应聘者:"但是,打个比方,如果您是一位班主任,您是愿意选择一个有班长经验的人,还是愿意培养一个只属于您的班长?"面试官笑了。

确定一个双方需要共同解决的问题的好处在于,双方的权力关系从绝对倾斜变成平等，从雇佣角色转换为合作角色。这就是人们通常所说的，回归到同一频道。这可以马上化解应聘者的被动局面。当然，这需要一点小的转化技巧。

比如，面试开始时，你通常会被要求："请来一段自我介绍。"这时候你可以直接转化，比如："其实，在自我介绍之前，恐怕我还有一个更重要的问题需要关注"或者"比我介绍自己更重要的是一个什么问题"。

总之，无论对方怎么开场，你都要迅速转化，迅速抛出双方需要共同解决的问题。这个问题具体是什么，需要你在面试前做一些功课，深度了解这家公司的基本情况和职位情况。如果你应聘销售的岗位，这个问题可以是如何建立一套客户管理体系。

故意暴露自己的弱点

在进攻特洛伊城时，斯巴达战神阿喀琉斯遭遇了阿喀琉斯之踵事件。

在面试中，一个非常重要的环节就是，暴露自己的一个弱点，把自己的真实感情展现给对方，就能让对方立即获得安全感，从而对你产生信任。

有个应届毕业生，他的简历简陋得惊人，没有奖项头衔，也没有让人眼花的社会实践经历。面试官问他为什么不做一份细致一点的简历，他回答："有，老师帮着一起做的，很厚。但是太假了，我自己都看不下去。"

用放大视角进行表达

在斯巴达战胜特洛伊的关键之战中，发生了令人震撼的"木马屠城"。

一个普通的木马，并没有什么特别之处；如果它的体积大到一定的程度，就非常有吸引力了。

在面试中，也同样如此。时刻带着放大的视角去展现自己或理解一个问题，就会给面试官留下深刻的印象。

说得更形象一些就是，面试通常有三种视角可以展现你的想法：

一、平面镜视角——以真实的视角去呈现事情的真相。

二、望远镜视角——观测到更高、更远的地方。

三、放大镜视角——把局部事物放大剖析。

其中，"放大镜视角"正是我们必须掌握的面试技能。

很多应聘者担心自己表达得太多会让面试官产生不好的印象，实际上，这些想法正是许多应聘者用望远镜视角去看待工作导致的。

放大镜视角却不会，一个热衷于钻研工作的人，是所有人都喜欢的。

如何运用放大镜视角呢？有一个非常有效的入门方法——苏格拉底法，即穷尽式提问法，就是对一个看似模糊的问题进行随机提问，直到答案变得清晰并具备可操作性。

举个例子。你去面试一份市场营销的工作，公司是一家大型的绘画教育机构。面试官问你："你有哪些优点？"

请先对自己进行穷尽式提问。

问题1：优点到底是什么概念呢？能产生价值的特质，比如爱笑，能给周围人带来快乐。

问题2：面试官最关心什么价值呢？热爱工作。

问题3：热爱工作是什么概念？热爱产品（绘画）、热爱市场营销。

问题4：市场营销有哪些工作？分析客户需求、满足客户需求。

问题5：如何了解他们的需求？通过和每个客户交流，统计并进行数据分析。

问题6：如何满足他们的需求？开展丰富的线下活动。

通过穷尽式提问，就可以把你的优点放大到热衷和客户交流、出色的数据分析能力、组织线下活动的能力等方面。

其实，很多面试官并不在意答案，反而关注这种推演的思路。

第5章 迎接你的黎明

职场"鳗鱼人"

岑 嵘

在职场上，我们有时会遇到这样一些人，姑且把他们称为"鳗鱼人"吧：他们通常坐在一个不起眼的角落，案头堆着高高的文件。你对他印象模糊，虽然偶尔也会和他聊两句，但具体说了什么你也记不得了。

他们没有野心，没有存在感，待在那个堆满文件的工位上似乎就很满足了。

你觉得他们没有激情，没有爱好，没有想法，似乎也没什么朋友，习惯过平淡的人生，习惯于躲在角落……直到有一天，你忽然发现，他的座位上已经没人了，通常是在他消失好久以后才发现的。你打听后才知道，他辞职了。他说：世界那么大，我想去看看。

之前他从不更新的微信朋友圈里，突然出现了他神采奕奕的照片，在大海中潜水，在雪山上攀登……你使劲儿睁大眼睛，你怀疑这些照片里的人不是他。是啊，这完全不是他，但分明就是他。

现在，我来讲讲鳗鱼的故事。鳗鱼诞生在遥远的海洋暖流中，它们不停地游着，当到达海岸后，便会逆流而上，向着河流的上游游去。鳗鱼穿过急流和浅滩，穿过沼泽和沟渠，来到平静的湖泊和浑浊的池塘。就这样，它们游了成千上万公里后，找到了安身的地方，决定停下来。

对这个栖息地，它们仿佛有很高的要求，这里通常有着浑浊的水底和一些可以藏身的石头和洞穴，还有充足的食物。鳗鱼一旦找到了自己的归宿，便会安安静静地待在那里，并且只在四周狭小的范围内活动。

年复一年，它们躲在藏身处，生命似乎就是这样了。

就这样静静蛰伏了十几年甚至几十年后，在某一个时刻，它们会突然决定离开这个藏身之处。在那一刻，它们如同得到某种神圣的召唤，激情像电流穿过全身。那些在灰暗和浑浊的水中漫长的等待，就像为了这一刻的决定做的准备，从此，它们的生命又有了完全不同的意义。

鳗鱼不再需要污浊的淤泥，开始游向大海。它们仿佛重新获得了生命，外表那层黯淡模糊的黄褐色变得鲜艳清晰，两侧变成了银色，鳍变得更长，使它们游得更快。它们的眼睛也变得更大，成了蓝色，使它们在黑暗的大海深处看得更远更清晰。它们夜以继日、精神抖擞地重新游向遥远的大海……现在，你或许已经知道"鳗鱼人"的意思了吧。

那些坐在办公室角落的人，你以为他们的一生将和工位融为一体，其实他们只是在耐心等待某一时刻的到来。在他们的心中，精神故乡是那个广阔和自由的世界，他们从来没有忘记自己的理想，只是心平气和地等待这一刻的来临。而当那个时刻到来，他们便获得重生，神采奕奕地朝着属于自己的世界飞奔。

认真对待职场的起点

叶 翔

一个正在读研三的小伙伴找我聊天。她有些着急。作为名校的高才生，放在往年，她理应是求职市场上的香饽饽。但在今年，她还没有收到入职通知。她不是个别焦虑的应届生，她的同学中这样的情况很多。有人指点她，先就业，再择业。于是她来问我，"先就业，再择业"这个说法是否靠谱。

我当年毕业时，也有老师这么说。但对我来说，先就业，再择业，大概率上是有问题的。

在毕业时，是有一个清晰的规划重要，还是先找一份保底的工作重要？这需要我们根据实际情况来衡量。

"先就业，后择业"的一个重要前提是：就业后能够有择业的资本。但是坦白说，大多数普通人，并没有这个资本。

我当年毕业的时候，特别想去宝洁公司，但是没有机会，于是我就先找了个创业公司的工作，想着名企都看重工作经验，等我有两年工作经验后再去争取机会。但是事实上，我和宝洁的距离越来越远了。

大公司挖人的逻辑，与学历、职业经历、项目经历、各类证书以及人脉息息相关。其中最重要的，还是职业背书——你服务过哪些优秀的公司，从事什么岗位的工作？

曾经有一家金融业的巨头，点名要从一流外资人力资源咨询公司挖金融行业的资深顾问，让我帮着介绍。整个圈子里符合标准的，一只手便能数得出来。这是诸如麦肯锡这样的顶级企业才能给予的光环。

如果希望自己未来的职业发展稍微顺利一些，那么名企背景和名校背景都非常重要。毕业后的第一目标，就应该是争取去自己够得着的好公司。否则，你会发现，你和大公司之间的距离会越来越远。

《重新定义谷歌》中，谷歌创始人给出了这样的职场建议：在职业生涯初期，能获得的股权激励很有限，因此在正确的行业磨炼技能要比在某家公司赌上自己的命运更加合算。在此之后，随着经验（以及年龄）的积累，挑选合适的企业变得越发重要。那时，股票在你的薪酬构成中所占比例将大幅提升，因此你也应该将挑选公司放在优先位置。

对职场新人来说，挑选正确的行业，比进入大公司更重要。这意味着你需要有清晰的职业规划。

我遇到过太多30多岁前来咨询转行的求职者。然而即便竭尽所能，我能提供的帮助也是有限的。因为转行意味着把自己的经验、成绩和知识归零。他们要为此付出巨大的代价：降薪、降职、加班学习、花钱培训……这样才能勉强跟得上新行业的正常节奏。这对刚刚毕业的年轻人来说，没有问题，但是对30多岁，有家有口、有房贷的职场人来说，就很难了。

从一开始选对行业，是一件非常重要的事情。

我的建议是：选行业暂时别看钱。因为在大部分行业中，只要不是夕阳行业，做到极致都是有机会赚大钱的——做个寿司都能做成寿司之神。但是要把一份工作做到极致，需要我们投入巨大的热情。

所以，如果有人用"先就业，再择业"的话让你去选择自己不喜欢的行业，坚决不要去，因为你去了，大概率也是在浪费时间。

有小伙伴问：我不知道自己喜欢什么行业，怎么办？

如果大学期间就没有实习过，你当然不会知道。对于计划走入职场的学生，实习的重要性甚至超过了成绩。务必要通过实习了解你的目标行业，也可以由此积累自己在HR（人力资源专员）眼中的筹码。

对今年和明年毕业的学生来说，就业形势的确很严峻。但这并不意味着我们应该降低自己的标准：要始终争取去让自己心动的行业，去自己能力范围以内最好的企业。

李奥·贝纳有一句名言：伸手摘星，即便徒劳无功，也不至于满手泥巴。

提升自己

如何通过 OpenAI 的面试

李南南　达　珍

我们来做个思想实验，假设你是一位求职者，怎样才能通过英伟达、特斯拉、OpenAI 这类大公司的面试？

首先，这些公司不缺人，名校毕业生一抓一大把。既然大家的资历都差不多，这些大公司索性就设计了一套堪比脑筋急转弯的面试题。像什么帝国大厦有多重，假如面试官的裤子拉链开了你怎么提醒他之类。你可能也听过不少。而且据说这类问题的开山鼻祖，不是什么人力资源专家，而是大发明家爱迪生。

当年他在美国新泽西州开了一家灯泡厂。因为创业压力大，爱迪生半夜睡不着，就在厂子周围溜达。他突然发现，厂房旁边的山上有一棵美丽的樱桃树。后来，他就跟员工聊起这棵树。这一聊不要紧，他发现员工居然都没有注意到这棵树的存在。爱迪生觉得，他们太缺乏观察力，视野太狭窄了。

失望之余，爱迪生决定，以后要招不同凡响的人。而想招到不同凡响的人，就需要设计一些不同凡响的面试问题。于是，他就设计了一套面试问卷，一共 48 道题。这些题目有多刁钻？据说看过的人都想骂街。比如，法国与哪些国家接壤？在一个长、宽、高分别是 30、20、10 米的房间里，空气的重量是多少？等等。

因为难度太大，这套问卷最终也没流行起来。但是，这个面试思路却被很多大公司采纳。这就是，必须设计一些能够激发一个人创造力的问题。

之前有一位对面试很有研究的畅销书作家，叫威廉·庞德斯通，就是那本《谁是谷歌想要的人才》的作者。他专门把这些奇葩的面试题汇总，出了一本书。书名更奇葩，叫《如何对付像马一样大的鸭子》。没错，这个书名，本身也是一道面试题。我们就从这本书的题目里挑几个比较刁钻，也能带给人启发的来探讨。

第一个问题是，如何对付像马一样大的鸭子？这道题的完整版是，假如你的面前有两拨敌人，一是一只像马一样大的鸭子，二是100匹像鸭子一样大的马。你必须选择其中一个去搏斗。请问，你会选择哪个？

首先，这个问题没有标准答案。你选什么不重要。关键是，你怎么证明自己的选择是对的。你的论证过程，决定了面试官对你的看法。

比如，一个稳妥的回答是，选择对付那个像马一样大的鸭子。原因很简单，因为它大。这就好比，你同时面对一堆客户。有一个客户是遇到严重问题来投诉的，另外100个客户是稍有不满来抱怨的。请问，你会先处理谁的问题？很明显，应该先处理那个最大的问题，也就是，解决来投诉的客户的问题。说白了，这就类似于问题的四象限。重要且紧急的问题即使只有一个，也得优先解决。而紧急不重要的问题即使有100个，也可以往后排。一旦这么回答，面试官至少会觉得，这个人做事有条理，能抓住重点。

再比如，还有个稳妥的答案，需要借用一点复杂科学。按照复杂科学里的规模效应，假如把鸭子等比例放大到跟马一样大，那么它的双脚根本支撑不了这么大的体重。因此这只鸭子根本追不上你，只要你不主动进入它的攻击范围，它就拿你没辙。因此，选择对付鸭子，将稳操胜券。假如你这么回答，面试官会认为，这个人的知识积累还行，视野也不错。

总之，回答这个问题的关键，在于建立一套自己的论证模型。比如，紧急重要的四象限，再比如，规模效应，都是现成的理论模型。这道题考查的，就是你的建模能力。什么是建模能力？就是用已知的知识，去解释未知的信息。

第二个问题是，假设你手里有100块钱。你旁边有个人叫张三，手里有个聚宝盆。注意，你手里只有钱，张三手里只有聚宝盆。假如你把这100块钱分给张三一些，他就会用聚宝盆让这笔钱翻倍。但是，翻倍之后，分不分给你、分多少，全由张三自己说了算。

现在请问，你会分给张三多少钱？把100块钱全给他？万一他使用聚宝盆将钱翻倍之后，一分都不给你怎么办？那你索性一分都不给他？可惜了，毕竟他手里有个聚宝盆啊。

这道题考的其实是面试者的协作能力。你看，跟人协作，你很难一上来就完全相信对方，但也不能完全不信。因此，就需要找到一个适当的平衡点。

至于标准答案，书里没有明说。理想状态肯定是，选择完全信任张三，把100块钱全分给他，这样会让你们的总资产最大化。但是，多数人的回答都是，分给张三50块钱。这时你要是回答100块钱，多少显得有点刻意。因此，我个人觉得答案可以是，比50块钱稍微多一点，比如70块钱。这样既能让你们的总资产尽可能变多，也能让自己的风险有个底线。

第三个问题是，为什么网球的表面有一层毛？这个问题乍一看有点无聊。但仔细想想，这其实挺奇怪的。因为抛开羽毛球不说，网球是唯一表面有绒毛的球类。篮球、足球、乒乓球都没有绒毛。为什么？

这其实考查的是面试者的逆向思维能力。一般人是顺着问题找答案，而这道题，需要你顺着答案找问题。

首先，咱们得知道，现存的一切事物，在诞生之初一定是某个问题的解决方案。比如，椅子是为了解决站着太累的问题，手机是为了解决远程通话的问题。而网球表面的绒毛，一定也是为了解决某个问题。网球面对的问题是什么？

这其实是因为，最早打网球的，主要是一些住在市区的有钱人。网球场主要建在市区，而市区的土地昂贵，球场不能建得太大。但问题是，网球弹力过大，场地太小就没法打。怎么办？很明显，需要把网球的弹力变小。怎么变小？设计者就往网球表面加了一层绒毛。

类似的问题还有很多。比如，用水桶在海水里舀多少次，全球的海平面会下降1厘米？这其实考的是面试者搜集知识线索的能力。这个问题答案不是现成的，但是有现成的解题线索。比如，全球的海洋覆盖面积是能查到的。按照这个面积可以大致推算出1厘米海平面对应的海水体积。再假设一个水桶的容积，就可以推算出大致的结果。

这些面试题，可能未必真的会出现在公司的面试中。我们今天只是把它们当成脑力体操，也借此来看看，成为一个有创造力的人都需要哪些能力。显然，建模能力、协作能力、逆向思考能力，这些都很关键。

期权和现金，孰轻孰重

崔璀

一个男生问了我一个非常"现实"的问题，期权和现金，孰轻孰重？

他说："最近在面试，我发现很多公司会把期权作为薪酬的一部分和候选人谈判，感觉是希望用未来的更大收益劝说我接受现在低于我预期的薪水。但是，期权价值如何，后续是怎样的退出机制，这些公司都没跟我讲清楚。在这种情况下，我该怎么抉择啊？"

"你问对人了。"我不好意思地笑着说，"我就是那个会把期权作为一部分筹码的老板。"

作为老板，为什么会考虑释放期权？

其实期权挺珍贵的，也不是向谁都释放，它一般只面向非常少的高阶人才。比如，老板觉得一个人能为公司带来价值，跟公司彼此契合，所以希望能通过期权跟他达成某种"长期价值"的共识，而不是合作一天算一天。当然也有一种情况，就是优质人才的薪资要求很高，以公司现在的能力，付不起这么高的日常薪水，也有公司会把期权作为未来价值的"现实折算"——如果接受期权，那就意味着候选人相信这个公司的未来价值，也愿意通过自己的付出争取到这个价值。

候选人做出判断最简单的方法，是了解其他员工的兑现方式。已经有兑现的，那就相对比较清楚了；如果都还没有兑现过，那就要求看"期权协议"，了解兑现条件和期权价值。

当然，这个未来价值是存在风险的。

很多公司处在探索阶段，期权走向也就不确定。公司可能被收购、上市，每年都有分红，也有可能因为经营不善，有一天清算破产。

没人能预测未来。你只能在充分分析公司状况的前提下，再做出判断。

但我认为最能影响这个判断的因素应该是：这份工作你想不想做。

如果期权没有如约兑现，那在这里的每一天，是不是能实现自我价值，能提升你的核心竞争力，能让你变得更好——这是我认为除金钱价值之外更重要的增值。同时，也要判断，你是不是能让这家公司变得更好，这也是能让你兑现期权更有效的作为。

越是充满不确定，我们越要把握内在的某些确定性。

这是我作为一个创业者的真心话，祝你知己知彼，百战百胜。

追求常量，接受变量

良 大

说两个数学概念：常量和变量。常量指相对固定的数据，变量指随机变动的数据。我并不是给大家普及数学知识，而是想套用一下这两个名词。在我们的日常工作和生活中，常量就是指那些可控的、容易量化的因素；变量则是不太可控、相对模糊的因素。

1

和朋友打高尔夫球时发现，很多人总是想改善自己的一号木。这是所有球杆中最长的一支，打得最远。但是，一号木太长，开球距离很远，一般在200～300码（1码约等于0.9米）。这样的长度和距离会让击球效果很不稳定。即使职业选手也难免失误，更别说业余选手了。所以，我经常试图说服这些球友，不要太在意一号木能否打得好。因为这是个长期积累的结果，还需要一些天赋。对业余选手而言，这就是一种变量。

业余选手应该从更可控的事情入手，比如切杆和推杆。切杆，是短距离击球，一般也就10～40码；推杆是在果岭上把球推入洞，距离更短，可控性更大。这些技术不需要力气和柔韧性，只要勤加练习，每个人都能提高。对于业余选手而言，这就是常量。推杆加上切杆会占到所有杆数的一半左右。所以，练好这两项技术，便能大幅提高成绩。

其实很多事情都是这样，我们要聚焦在更可控的事情上，由此带来的进步，不会太受变量的影响。

2

"别太在意那些不可控的事情。"这是 NBA 马刺队教练所说的一句话。

2014 年，马刺队输掉了一场重要的比赛。有媒体采访教练，本以为他会责备队员。谁知，他说对这场比赛很满意。

记者很惊讶地说："难道没什么值得检讨吗？比如，你们的三分球命中率只有对手的一半……"

教练却说："三分球主要靠球员的手感外加一点运气，今天只能说我们运气不好。我不太在意不可控的事情。但是，我们平时训练的战术，以及快攻上篮的配合，今天都运用得很好。这些才是可控的。所以，这场比赛我们打得不错。"

教练很清醒，关注确定的东西，同时接受变量带来的负面效应；不会因为运气不好而懊恼，坚持在常量上下功夫。

3

我太太是某企业的大客户经理，她有个很好的习惯，就是当日的工作必须当日完成。

几天前的晚上，她收到一个大客户的询价函，当时我们在外面和朋友吃饭。回到家已经很晚了，但她还是坚持制作了一份材料，报到了公司的产品部。

有意思的是，客户在同一时间将这份询价函发给了其他业务部。

第二天，其他业务部门也来找产品部门询价，这叫"业务交叉"。

公司为了防止业务的恶意竞抢，有一条规定：哪个部门第一时间向产品部提交材料，这项业务就属于哪个部门。

在这里，"快"就是一种常量，能控制，也能量化。而且快慢之间，没有模糊地带。

我的公司有一部分业务，需要商业外包。我们和一位销售员合作了4年，这类业务只找他。

为什么呢？

这项业务同质化很严重，各公司价格、服务都差不多。但这个销售员有个特点，就是回复消息特别快。

就因为这一点，我们一直找他。

除了"快"这个常量，还有一个常量就是"多"。

很多想做自媒体的人，大多没写几篇文章、没拍几条视频，就放弃了。

没"量"，一切都是空谈。有了"量"，才能得到足够的反馈，才能不断迭代优化。

这也是常量，也许是最笨的办法，却是最靠谱的办法。

4

大家都很焦虑，人人感慨这个世界变化太快，担忧自己一不小心就被时代抛弃了。其实，这种担忧完全没有必要。

时代要淘汰你，与你何干？连杰克·韦尔奇都说："再牛的人，也无法预测3年后的事。"

与其焦虑不可控的变量，还不如去追求可控的常量。

毕竟，"如果"是缥缈的，"结果"才是真实的。

择人瓶子论

刘 润

在我 14 年的职业生涯中，亲自面试的人应该不下 1000 人，看过的简历则更多。今天，我把这么多年来的观察分享给你，聊聊我是怎么判断一个人是否能够快速晋升，被委以重任的。

关于这个问题，我有 3 个标准。你可以在脑海里勾勒出一个瓶子的样子，然后用 3 种不同的视角来审视这个瓶子。

第一，看瓶子里现在的水位。这代表一个人的能力水平。

水位的高低很重要，如果水位特别低，说明此人没有能力积累，是没有办法解决实际问题的。

第二，看瓶子有多大。这决定一个人成长的"天花板"有多高，决定他未来能成长为什么样子。

我们经常听到一句话："这个人，大概以后也就这样了。"这句话背后隐藏的含义是：这个人的格局也就这么大了。所谓"格局"，就是指"瓶子"的容量。"瓶子"容量太小，就很难从别人的角度去思考问题，无法追求彼此间双赢的合作关系。在自己的小循环宇宙体系中，以自我感觉为轴心，周而复始地自转，始终无法和周边关系进行联动，形成大循环，正向增强回路体系。或者说，以这个人的思维方式，在遇到问题之后，他会总是劝慰自己：其实我已经做得挺好了；其实这个问题没有更好的解决办法；其实我没有做好，都是因为意外……你会发现，他总是试图把责任推卸给别人，以此来发泄内心的不满。也就是说，这个人"瓶子"的容量不够大，即格局不够大，以后就很难成长。人的成就永远无法超越他的思想格局。

第三，看瓶子中水量的增长速度是不是足够快。这意味着一个人能力和水平提升的速度。

有些人的能力水平可能今天并不高，那是因为他还年轻，工作年限不长，过去的经历不足，之前没有遇到非常好的公司进行系统化的职业培训，从而导致能力水平不够。

有的人"瓶子"进水的速度就像海绵吸水，"知识泉水"只要倒进去，立刻就没了踪影，全部被快速吸收。而有的人呢，"瓶子"在进水时其瓶口就像盖了瓷盖，外观华丽，晶莹剔透，甚至光彩夺目，但就是滴水不进，吸收不了一点儿外面的东西和不同的意见。

"海绵体质"的人，对很多事情充满好奇心。他们总是关心：这件事你是怎么做的？告诉我，你是怎么成功的？他们在追求甘甜的知识泉水的道路上永不止步，并且总是乐于接受挑战。比如：这件事还能做得更好吗？我不相信这就是最好的状态，我要再试试看。然后他们会兴奋地去尝试，一次又一次，哪怕头破血流，也要达到最优解。

这是一个渐进的过程，作为管理者，要注意不能让他们成长的速度过快，要避免揠苗助长。

总之，如果一个人就像水量不是很多的大瓶子，目前能力水平不够高，但格局大、吸收知识的速度也快，他就值得委以重任。而如果一个人就像小瓶子，目前水量看着很丰盛，但一上来就几乎装满了水，而且用"瓷盖"封了口，未来也无法再补充知识泉水，他一定后继无力，难堪大用。

愿你永远奔跑在晋升的阶梯上。

"螺丝钉",还是"万金油"

古 典

1

进入大公司,是很多人所向往的。但在大公司,大多数人担心的,就是"螺丝钉"化。

大公司的部门完善,岗位职能分得很细,你的"单点"业务越熟练,你就越难换地方,就像被焊死在主板上的螺丝钉一样。

我有一个朋友在某电商平台做快递人员的入职业务培训,一年有1000多课时的课程量。4个人的团队从设计课程到培训,连续做了6年。但他精通的也是这些,想要设计点别的课程框架就行不通。

这就是"螺丝钉"化。

不过,虽然是"螺丝钉",但那块"主板"好啊,不仅能拓宽眼界,还能拓展资源。

在大公司待过的人,眼界开阔了,再想找第二份工作,也比较容易。

小公司的问题则完全相反,那就是"万金油"化。

小公司的岗位职能划分得不够细,需要一个人具备什么工作都能干、干什么都"值得托付"的能力。

我刚刚毕业时,创办过"文化公司"——装修、设计、广告,啥活儿都接。

我们3个大学同学，我任董事长，主要接活；一个任总工程师，带着3个民工兄弟搞施工；一个做总经理，联系采购物料。

有一回，下午6点，来了一车板子，工人说下班了，搬运要加钱。总工就在楼下喊："古董、王总，下来搬三合板啊！"

我现在刷墙的技术特别好，花10秒钟用报纸叠个小帽子戴着，就能麻溜地开干。这都是我的"万金油"技能。

在这种公司工作，优点是接触面很广，很快就能知道业务全流程和顶层设计。我们3个人凑在一起就是一个建筑或广告公司的雏形。缺点是，工作久了，哪个"单点"都不突出。一旦公司做大，需要专业人士时，如果你还只是"万金油"，就有被换掉的可能。

所以，待在小公司的问题，在于如何避免自己"万金油"化。

2

那么，在哪种情况下要让自己"变窄"，主动"螺丝钉"化呢？

第一，刚入职场，方向清晰的人。选择大平台，让自己具备一技之长，为未来拥有更多选择做积累。很多名校学生都选择毕业后先去大公司历练几年，积累工作经验和专业知识，然后考虑加入一家新公司或自己创业。

第二，做"万金油"太久，需要一技之长的人。很多创业者创业成功或失败后，选择在一家大公司待一段时间，看看人家是怎么运作的。比如周鸿祎在3721失败后，去雅虎待了一段时间，然后创建了360。

第三，能清晰看到专业方向，但自己缺少资源的人。如果你能清晰地预见某种趋势，但缺乏能力单干，最好的方式，是进入头部公司学习。这种做法在培训界很常见：起步时，加入有能力的专业团队做老师、助教，同时思考自己的方向，未来可选择与之合作，或者单干。

那么，在什么情况下要让自己"变宽"，主动"万金油"化呢？

第一，专业发展有局限，希望了解全局的人。大公司向上的通道不多，时间一长，人容易固化。拥有较强专业能力的人，先进入小一点的公司拓展业务范围，其实是个很好的策略。比如，从大厂的校招经理，跳到小企业做人力资源经理，听上去是平调，但是业务范围更宽、模块更多，未来发展空间也更大。

第二，想进入新领域，但不知道自己要干什么的人。这时，可以找一家业内发展不错的小公司，用已有的专业技能先切入一个岗位，然后尽快了解全行业，并接触更多的人。在这种情况下，可以优先考虑销售、运营、商务拓展等岗位。

第三，希望成为管理者的人。没错，管理者就是"万金油"化的，什么都懂。因为他们的关注点已经转移到如何调用专业人士，创造更大的价值上。

3

我并没有建议进入大公司，还是小公司，而是建议主动地"万金油"化或"螺丝钉"化。因为，重要的是自己的选择，而不是外界的环境，优秀的人懂得利用环境，而不是被环境左右。只要你愿意，在所有公司，都可以"变宽"或"变窄"。

在大公司的人，主动和业务链条上下游的人交流、互助，甚至调岗，能够很好地抵消"螺丝钉"化。事实上，很多大公司都有轮岗计划，让足够优秀的人抓住这些机会。

在小公司的人，一定要向公司里的"金刚钻"学习。这样，往好了说可以自己创业，中策是和公司一起成长，公司永远需要你，最差也是业内达人——小公司出来的牛人都很能干。

专业人士往管理线迁移，本质就是"变宽""万金油"化的过程；管理岗往专业线切入，本质就是聚焦、"螺丝钉"化的过程。

所以，职业自由与否和公司大小没什么关系，关键看你能否理解业务的整体链条，从自身需求出发，看清局势，看透本质。

深度和广度,哪个更重要

〔美〕丽莎·麦克劳德　　陈荣生　译

专家在生活中就能做得更好吗?

我们以两个年轻的专业人士为例:

甲从高二就开始学编程。上大学后,因为在高中所得到的学分,他被准许免修所有的通识课程。甲一心一意要追求一份好工作,直接进入计算机科学专业,在两年内完成学业,并以全班第一名的成绩毕业。

乙有很多兴趣,带头搞了一个模拟试验小组,在一家餐馆工作,还在一个环境科学研究小组当头头。上大学后,头两年并没有选定专业。最终,他选择了商科,因为这个专业有足够广泛的就业选择。

哪个专业人士更能胜任未来的工作呢?

尽管"虎妈"们和许多"选择自己的道路"的学术顾问会让你相信他们的话,但答案是乙。

作家大卫·爱普斯坦在其新作《范围:通才在专业领域取得成功的原因》中,引用了他对从职业运动员到诺贝尔奖得主等世界顶尖人才的研究结果,来说明为什么早期的专业化是长期成就的例外,而不是规律。

事实上,这些取得很大成就的人大多数很晚才找到自己要走的路;在成为一个有成就的人之前,他们优游于各种兴趣之间,并涉猎了众多领域。

例如，高朋团购的创始人安德鲁·梅森就拥有音乐学学位，史蒂夫·乔布斯认为书法是他最感兴趣的课程之一。

我不知道你的情况，但我18岁的时候完全不知道自己想做什么。甚至到了28岁的时候我还不知道。在我的一生中，我曾在一家大公司担任销售经理，我曾在澳大利亚一个偏远的农场待过一段时间，我写过一本幽默的书，我曾离开父母一段时间，我买过一家商业标识公司，我当过只有我一个人的公司的总裁。

在通往领导者的道路上，这些事情都不会被认为是"需要做的事情"，但这些经历就是我今天走到这一步的原因。它们以无数种我当时无法辨认的细微方式，为我成为更好的领导者做出了贡献。

"领英"针对职场中最受欢迎的技能所做的最新研究，也呼应了对多样化技能的需求。排在软技能榜首的是创造力、说服力、协作能力和适应能力。

排名第一的"硬技能"是区块链，尽管其早在2009年已被发明出来。

关于未来的工作将会是什么样子，互联网上众说纷纭。但重点是要记住，所有这些立场都只是观点，没有人确切知道答案。我们所知道的是，对像创造力、批判性思维和与他人沟通的能力等技能的需求是不会消失的。

让年轻人对"选赛道"充满焦虑是没有效果的。事实上，它是有害的。

爱普斯坦认为："思想开阔、经验丰富、视角多元的人会越来越成功。"

所以，如果你读大学一年级的孩子假期回家，告诉你他有多喜欢书法，或者他的哲学课多么有趣，那你就可以放下心来，拥抱你的余生了。

策略性诱导

〔美〕J.C.卡尔森 程 波 高 昂 译

在求职面试中,策略性诱导是特别理想的技巧。人们喜欢谈论自己,喜欢和对自己谈话感兴趣的人交谈,这是人类的本性。

以此而论,运用策略性诱导还涉及如何让你的面试官告诉你,他们想听你说什么。初学者可以很容易地搜集信息,了解面试官期望求职者做出何种回答,最终成功地通过面试。请设想一下下面的面试谈话,其中应聘者就应用了最基本的策略性诱导技巧。

面试官:"我们开始之前,你还有什么问题吗?"

应聘者:"您提到自己已经在这家公司工作了十几年。您能否谈一下自己的职业发展情况,以及您是如何取得成功的?"

面试官:"很有趣的问题。我初来这里的时候,公司还不具备自主营销能力。那时我经验不多,却担负着相当大的职责。我从零开始,打造营销团队,在这个过程中,我的智慧也不断增长。我很幸运,因为高管们一直鼓励我发挥创造力。我越是证明自己,允许我自由发挥的空间就越大。我可以非常高兴地讲,公司对于我的辛勤付出也不断地给予奖励——这些年来,我不断得到晋升,逐渐坐到今天这个位置。"

从这则简短的情景对话中,应聘者已经初步掌握了面试官的价值标准中的几个关键要素：足智多谋，发挥创造力，具备首创精神，乐于及时地证明个人价值。以面试官的回答为依据，应试者已经掌握了重要的细节信息，并将应用于后面的面试应答。我们可以继续设想接下来的面试环节。

面试官："好的，现在介绍一下你自己吧。你为什么觉得自己能胜任这份工作呢？"

应聘者："是这样的，我和现在的雇主一起工作已经有几年了。几位杰出的导师教会了我许多东西，而现在我已准备就绪，想要一展身手，担负更大的职责。您会发现我喜欢开拓新领域，善于从新角度思考问题，我同样希望得到一个合适的职位，做出一番业绩。我非常愿意积极主动地开展工作，我已准备好迎接一份全新的工作，发挥自身优势，充分施展才能。"

在这个过程中，应试者透露了自身的哪些品质呢？什么也没有——他仅仅如天才一般运用了一些企业白领间常用的陈词滥调。老练的面试官通常期待应聘者提供更详细的信息，以进一步证实应聘者笼统的说辞和套话。然而，应聘者已经为自己设定了一个应答框架，其中就包括面试官早已透露出来的新员工想要在公司取得成功应该具备的核心要素。

请注意，应聘者并没有像鹦鹉学舌那样逐字重复面试官之前的回答。这是策略性诱导的关键所在。若应聘者使用和面试官大致相同的措辞，比如"我很有创造力，很有智慧，希望通过自己勤劳的工作获得回报"，会很容易被察觉，而且显得十分拙劣。与此相反，对于面试官所列举的成功要素，应聘者进一步引出详细信息，并进行加工处理，运用这些细节精巧地设计自己的应答版本，虽本质上相似，却并不雷同。

如何找到你最想干的事，还能赚钱

何 帆

找到一件自己想做又能带来社会成就感的事情，大致需要满足3个要素：兴趣、天赋和社会需求。

最理想的状态就是，找到一件既愿意干又能把它干好，干好了还能赚钱的事。很多时候，人们很难顺利地找到能同时满足自己的兴趣、天赋和社会需求的理想职业。

先看第一种情况：你有兴趣，这件事也有社会需求，但你欠缺天赋，怎么办？

有不少人觉得一种职业就像一棵树，每种职业都是独立的，就像每一棵树都和其他的树保持一定距离。其实，职业就像一片森林，或者更像一个生态系统。在一个生态系统中，多种多样的物种形成彼此依赖的共生关系。所以，要让自己先进入这个生态系统。

以进娱乐圈为例。如果你做不了歌星，还可以当歌星的经纪人；如果你当不了歌星的经纪人，还可以当化妆师；如果你当不了导演，还可以当制片主任；如果你当不了制片主任，还可以当场记。每个行业都是一个生态系统，先进去，再晋升。

进入生态系统，你就能找到自己最喜欢的那种环境。找到适宜的环境，你才能更好地滋养自己的兴趣。就算你进入这个圈子之后，所做的不过是跑跑龙套、搞搞气氛，但这份"氛围组"的工作，足以让你有个容身之地，帮你生存下来。

生存下来之后，你有两种发展的可能性。一种是进了圈子，掌握很多在圈子外时无法获取的信息，学会圈内行家教给你的技能，时刻在前沿，成长得更快。一旦属于你的机会到来，近水楼台，你就能实现自己最初的梦想。用这样迂回包抄的方法，反而胜算更大。另一种是，虽然你无法实现最初的梦想，但一样可以分享行业成长带来的红利。恭逢盛会，与有荣焉。

有个小伙子叫靳星，他从小就喜欢打篮球。靳星身高1.78米，这个身高在篮球圈里并不被看好。打篮球，矮是短板，但也能变成优势，个子矮在球场上更有利于控球。于是，靳星在训练中特别注重体能和弹跳。从北京体育大学毕业之后，靳星进了浙江广厦篮球队，成为一名职业篮球运动员，获得全国第一届NBA中国行嘉年华篮球扣篮大赛冠军。

不过，靳星进入广厦队不到一年就选择退出，因为球队的军事化管理和对队员的严格约束让他感到不舒服。退出球队后，他选择成为一名篮球教练，后来又自己创业，开了一家公司。他曾经去美国一家著名的篮球培训机构学习，从此更坚定了走商业化道路的信念。公司自2009年创办以来，已经在全国近百座城市开设了600个校区，拥有7万名学员，发展为一家集篮球培训、赛事经营、球员经纪、体育留学和运动装备为一体的体育公司。

在自己喜欢的职业生态系统中，睁开眼睛多去寻找，就能找到更适合自己发展的生态位。

再来看第二种情况。如果你有兴趣，也有天赋，但你想做的事没有社会需求，很难靠这件事获取足够的经济收入，怎么办？

如果追求兴趣爱好不足以养家糊口，那么，先找份稳定的工作养活自己，才是更明智的选择。如果能有一份稳定的工作支持自己的兴趣爱好，哪怕这份工作非常枯燥，也会变得没有那么难以忍受。不过，时代在变化，如今，把兴趣当成业余爱好不再是唯一的选择。

在互联网时代，非主流的小众群体更容易被聚合起来，这就给一些在细分领域有天赋的人带来了机会。著名科技作家凯文·凯利提出了"1000个铁杆粉丝"理论。凯文·凯利说，你不需要成为大众都知道的名人，你只需要成为一个"微名人"。也就是说，如果你有1000个铁杆粉丝，无论你创作出什么作品，他们都愿意付费购买，假设他们每人愿意为你出300元，那你就有30万元的收入。这份收入虽然不足以让你实现财务自由，但可以让你过上体面的生活，心无旁骛地做好自己想做的事情。

很小众的爱好，也能使年轻人创业成功。有一位"90后"苗族姑娘叫潘雪，出生在贵州凯里市淑里村，大学毕业之后，她选择回到家乡，跟着师父学习手工制作银饰的工艺。

潘雪是回乡当学徒了吗？不是的，她在创业。为什么潘雪的师父没有创业，反倒是她创业了呢？因为潘雪发现了年轻人中出现的一个小趋势：他们喜欢新奇的"潮品"，也喜欢有传统色彩的工艺。但怎样才能做到又潮又传统呢？潘雪有办法。她会拍摄短视频，会做直播，还懂年轻人的喜好。她善于推陈出新，推出深受年轻人欢迎的"潮品"。传统的苗族银饰，以大为美、以多为美、以重为美，不适合城市女孩日常佩戴。潘雪尝试运用传统的敲锤、錾刻工艺制作现代流行的样式，吸引了更多的小伙伴加入，一起复兴传统的银匠工艺。

第三种情况是，你有天赋，做的事情也有社会需求，但这件事情让你觉得索然无趣，怎么办？

比如，你对数字很敏感，会计工作做得很顺手，也能获得稳定的收入，但你总是心有不甘，觉得自己不应该一辈子和账本打交道。你感到很困惑：我究竟有没有创造出社会价值？你的困惑可能出于两个原因。

第一，你可能对其他职业持有过于浪漫的想象。你觉得一份好的工作一定是轰轰烈烈的。但事实上，没有一份工作是完美的。马戏团里的驯兽师骑着海豹在水里穿行，看起来很酷、很好玩，但你看不到下台之后，他还要为海豹清洁皮肤和清理粪便。

第二，你做的事情或许属于大卫·格雷伯所说的无意义的工作，它只能带来虚荣，不会带来发自内心的自豪感。

如果是第一个原因，你或许需要反躬自省，看看自己有没有忽视平凡工作的非凡之处，看看这份工作能否给你提供技能上的挑战，激励你把看似平淡无奇的工作做到艺术化的最高境界。又或许，你需要培养自己的业余爱好，对冲工作中的单调无聊。有自己的爱好，才能像菜里有调味品一样，让你的生活有滋有味、活色生香。如果是第二个原因，你或许需要做个了断，看看自己是否真的别无选择。有些工作外表光鲜，其实是有"毒"的。这种毒素会侵蚀人的心灵，时间久了，就很难排出毒素。你最好趁早离这样的工作远一些，换一份工作，一样能自食其力。

莱昂纳多·迪卡普里奥主演过电影《猫鼠游戏》。这是一部根据真人真事改编的电影。故事中的人物原型是弗兰克·阿巴内尔。他是个骗子，而且骗术极为高明。他伪造银行支票骗钱，胆大心细，从未失手。他还冒充过飞行员、教师、医生、律师、监狱管理局的工作人员，竟然都没被识破和揭穿。虽然他用骗来的钱过上纸醉金迷的生活，却活得心惊胆战。

法网恢恢，疏而不漏，他终于被绳之以法。出狱之后，他换了一份职业，从原来的诈骗犯变成联邦调查局的专家，用他的经验和技能抓捕诈骗犯。一样的天赋，用于邪道，会让人堕落；用于正道，会让人升华。善恶只在一念之间。

你需要先了解自己，才能更好地找到和自己匹配的事情来做。

为什么你挣得比别人少（外一篇）

崔 鹏

为什么有的人挣得多而有的人挣得少？这个问题我问过好几个人，得到的回答首先令我对自己的表达水平感到绝望。有 80% 的回答者认为我要把话题引向社会不公的问题，一谈到此，他们立刻义愤填膺、指天画地，这导致我为了平复他们的情绪而主动结了喝咖啡的账。另外，这也说明我认识的人，大部分都认为自己属于收入少的那个阶层。

当然，在问这个问题之前，我们已经把条件限定了，那就是在这个问题中，"有的人"是同样努力，而且是在同样的资源基础上发展的。在某种程度上，你可以理解为我说的这种人各项水平都是个平均数。但是，很可能有类似的另一帮人，每天做的事也完全一样，但是获得的收入却与前者的差别很大。

造成这种同工不同酬现象的原因有很多，比如工作者所在区域的经济整体发展水平不同，以及区域人力市场的竞争力结构不一样。但还有一点，那就是同样的工作者，他们的职业杠杆水平不一样，收入也可能差别很大。

还是先来给职业杠杆下个定义吧：随着你所做工作的产品或者服务到的人数的增多，如果你付出的边际劳动量或者边际成本没有降低，甚至反而是越来越高，这就说明你的职业杠杆比较低。反之，如果边际成本下降很快甚至达到了零，那么就是职业杠杆高。

在《庄子》里有一则故事，能很好地说明职业杠杆造成的差距。春秋时期，一个商人在吴越之地做生意，从当地土著手中得到一个秘方，那是一种护手霜的制作方法，这种产品可以让人在冬天不生冻疮。商人后来制作了很多这种护手霜，把它卖给了吴王。吴国当时正在和越国、楚国打仗，吴国战士避免了生冻疮，提高了战斗力，从而取得了战争的胜利。因此那种防冻护手霜可以卖得很贵，还成了被限制出售的军需品。土著和那个商人同样生产护手霜，而商人赚的钱要比土著多很多。在这个故事中，商人的职业杠杆比土著的要高很多。

职业杠杆高的人收入更高，这其实很好解释，公司人竞争的最终目的是，在提供同等质量的产品或服务的前提下，比别人有更多的收入。但每个公司人的生命长度和健康承受能力是有限的，所以公司人之间的竞争就变成了一种效率竞争，如果谁能低成本地产出产品，那么他将在竞争中获胜。

所谓公司人之间的职业竞争，他们都在竞争些什么呢？从职业杠杆的角度看，他们竞争的要点就是职业杠杆的"把手"。无论是在一个公司里，还是在一个产业中，职业杠杆高的职位总是有限的。一般来说，一个经济体中，平均职业杠杆比较高的行业也最能吸引社会中最棒的人才。

有时候，公司人在竞争方向上也会陷入我们常说的那种匠人思维，那就是"我要做得更多"。人们有时候还会以此为美德。

什么是匠人思维？如果你是个匠人，这里包括像我这样的写稿匠，还有似乎更高级一点的画匠或者剧作匠，想要挣到更多的钱，一条很容易走的错误道路就是增加自己的产量。

这种方式虽然在短期内可能会稍微地增加自己的收入，但是付出的边际成本并没有下降，在很多情况下，这个成本还会出现上升——这是因为，如果一个家伙专栏写太多或者绘画作品完成得过多，还想保持边际成本不变，那么这些作品里所谓的灵感或者特色，就会被作者像撒胡椒面一样平铺在所有作品里，难免粗制滥造。而这又可能导致作者的职业杠杆下降。为了让职业杠杆坚挺，匠人们肯定要付出更高的边际成本。

所以，希望增加自己财富的公司人，更应该提高自己的职业杠杆，而不是增加自己的工作量——那只会让你对你的工作和生活更加厌倦。

更赚钱的工作

最近我面试了一个证券分析师。这位30多岁的男士的履历很棒，谈吐雅致、气质出众，只是状态不好，在和我聊天时偶尔会叹气。当我问他，是不是因为生活压力大才从证券分析师改行做财经编辑时，他竟然伤感地掉泪了。

事实的确如此，这个分析师由于券商裁员失业了，但他有小孩，需要一份工作贴补家用，情急之下，只要看到有"财经"两个字的招聘就投一下简历。都是中年人，这让我也有点伤感。不过我也没想到从一个证券分析师改行做财经编辑的堕落感，竟然到了能导致人流眼泪的地步，虽然这两份工作的收入大概相差3倍。

记得几年前看过美国皮尤研究中心对就业市场人群的智商水平的一个统计，得到的结果大概是，在从事的行业比较繁荣的阶段就业的人的智力商数，比那些在行业低谷期就业的人的智力商数平均要高10个点左右。我一直有个猜想，那就是，通常来说教育对人真的很重要，但人们往往忽视了进入所从事的行业时，这个行业或者整个经济的景气程度。不景气的形势对人们的行为习惯以及发展水平的影响同样很大。

为什么在不景气阶段就业的人平均智商会下降？从我面试的证券分析师身上就可以找到原因。在某些压力下，人们会屈服于短期效用，比如，不管怎么样，为了养活老婆孩子我需要找份工作。然而在这种情况下，找到的工作通常不会令人很满意，之后这个就业者很可能因为不满工作现状，又急着更换另一份工作……在急于更换工作的过程中，很多人会忽略原本的职业规划，或者为了短期工资水平而忽视长期收益情况。长期从事这种满足于短期效用的工作，人的智商是会下降的。

在经济处于收缩阶段的时候，有很多初创的创业公司就可能做出很多满足短期效用的事。如果你是个正在找工作的职场新人，对选择去一家微小规模的创业公司工作要保持谨慎。因为这类公司除了可能会拉低你的智商，在现在的情况下，它通过上市或被收购让你实现财务自由的概率也下降了很多。

在今后一些年头里，你要是想有个还算说得过去的职业发展路径，以及想多挣点钱，还是应该更多地往那些大公司投简历。

这是为什么呢？你可以把在一家大公司做管理者的收入想象成从你的下属那里收取管理税，手下的人头越多，你收取的管理税就越高。也许你不了解，在一些有40万至50万员工的巨型公司，虽然公司的利润并不一定那么高，但那些层级还说得过去的管理者的收入还是高得令人咋舌。

其实，你注意过吗？那些高收入的职业和很多高利润的公司类似。从事这类职业的人的边际成本都在迅速降低。用我们刚才说过的管理税模型来说，如果层级设计合理，一个管理者可以管理很多人，那他获得的"税收"就会很高。

而决定你收入的另一个关键因素是什么？是时间。

无论如何，你的时间是最宝贵的，虽然绝大多数人还意识不到这一点。

为什么青年才俊总有机会

罗振宇

说到法国启蒙运动,我们脑子里通常会想起这么 4 个人:伏尔泰、卢梭、孟德斯鸠和狄德罗。他们都是法国启蒙运动的旗手。

这几个人给我们留下的印象不太一样。伏尔泰、卢梭、孟德斯鸠这 3 个人,我们大体上知道他们的思想成果。但是最后这个人,狄德罗,他的思想成果好像很模糊。狄德罗主编了一部《百科全书》,他是靠这一套书名留青史的。既然有能力编《百科全书》,那他一定是一位知识渊博的老学者吧?

实际上,正好相反,在这 4 个人当中,狄德罗最年轻。他生于 1713 年,伏尔泰比他大 19 岁,孟德斯鸠比他大 24 岁,连年轻的卢梭也比他大 1 岁。

我们会发现这件事有点奇怪。这么庞大的一套丛书,对出版商来说定然是一笔重要的生意,应该很认真、很严肃地对待,不说组织一个学术天团,至少也得找一位当时的知名学者来坐镇,为什么偏偏找狄德罗来干呢?狄德罗当时既没有深厚的学术背景,也没有拿得出手的作品。换句话说,这么好的一个青史留名的机会,怎么就留给狄德罗了?

其实,最开始不是哪位学者提出要编撰一部《百科全书》的,而是一个叫布雷顿的书商提出来的,狄德罗只是因为接了出版商的活儿,才碰到了机会。他并不是这个事情最初的发起者，他只是一个乙方。刚开始编撰《百科全书》时，狄德罗才34岁，没多大名气，甚至连一本像样的著作都没出版过。

这是怎么回事呢？

狄德罗的家境不是很好，父亲一直希望他能当个医生或者律师，但是喜欢文史哲的狄德罗不肯。本科毕业后他就没怎么干过正经工作，但他有一个长项，他懂的语言特别多，而且很擅长翻译。从大学毕业到开始编撰《百科全书》的十几年，他的人生经历很单调，就是靠做家庭教师、搞翻译来养家糊口。

凑巧，狄德罗翻译过一部《医学通用辞典》，翻译得挺好，市场反响也不错。有个书商知道了这件事，就找到狄德罗，想让他把英国的一套小型百科词典《钱伯斯百科全书》翻译成法文出版。狄德罗在翻译的过程中发现，这本小型百科辞典错漏百出，就向书商建议，不如我们自己动手，出版一部属于我们自己的、能反映这个时代各个领域新成果的百科全书，这难道不是法国人的骄傲吗？书商一听就觉得有赚头，立刻同意了。

狄德罗前前后后为《百科全书》忙活了30年。今天的我们已经很难想象这是多么"神奇"的一套书了：隔几年出一卷，越出越长，包括作者在内，谁都不知道这套书什么时候能完结。

开卖几年之后，1751年，《百科全书》的书商不得不向读者承诺，整套《百科全书》将于1754年，也就是3年后完成，一共10卷。不要以为这套书的完结遥遥无期，出版社信誓旦旦地和读者说，我们的内容都已经写完了，现在只是在编辑修改。当然，说明书里也说了，确实有可能多加一卷，但是，我们不多赚消费者的钱，这一卷会以71%的价格出售——这就给市场注入了信心。

实际情况如何呢？这个时候距离狄德罗完成《百科全书》还有20多

年的时间，最终完工的《百科全书》不是 10 卷，也不是 11 卷，而是 28 卷，超出计划内容将近两倍。全套《百科全书》有 71818 个条目，2885 幅图片。如果消费者预先知道《百科全书》会有 28 卷，价格是之前承诺的三四倍，最后一卷直到 1772 年才能问世，估计谁都不会买，狄德罗也未必有勇气接手这项工作。

了解了这个过程，你就能明白，为什么编撰《百科全书》这个注定要青史留名的活，会落到狄德罗这样的年轻人手里。

首先，这个活儿太苦了，一般人根本撑不下来。

就拿同样是启蒙运动旗手的卢梭来说，卢梭的性格中有点浪子的成分，而且多愁善感。这样的人可能很有才华，但是受到的诱惑也会很多，情绪的波动也会很大，事情即使开了头，也很难善始善终。经得住 30 年艰苦工作挑战的人，实在太少了。

还不只是性格原因。比如，法国著名的物理学家和数学家达朗贝尔，刚加入《百科全书》的编撰工作时，还承包了其中数学与自然科学条目的撰写工作。但是到了 1757 年，《百科全书》前 7 卷出版的时候，达朗贝尔也撂挑子了。他的兴趣在科学研究上，不想把一辈子的时间耗费在编《百科全书》上。只要志不在此，就干不动这样的活儿。

还有一个原因：已经成名成家或已然衣食无忧的人，他们也干不了这样的苦活儿。

比如，同样是法国启蒙运动旗手的伏尔泰，出生在一个富裕的中产阶级家庭，他不缺钱，平时谈谈恋爱，生活多姿多彩；孟德斯鸠就更不用提了，出身贵族世家，28 岁就继承了爷爷波尔多法院庭长的职位，获得了男爵封号。这样的人，你让他为了钱，去承担 30 年的苦役，怎么可能？

我并不是说狄德罗就是为了钱。30 多岁的狄德罗愿意承担这样的活儿，一方面当然是因为这个活儿符合他的理想和能力；但另一方面，也是因为这个活儿可以给他带来稳定的收入。换句话说，如果这笔钱对他没有什么意义，让他连续干30年苦活累活，就缺了一根能把他绑在书桌前的绳子。任何长期而又艰苦的工作都是这样，没有理想的牵引干不下去，但要是没有现实的绑架，也干不下去。

听完这个故事，我们就能回答这个问题了：为什么每一代青年才俊总是有机会？

一般站在年轻人的角度看，世界其实是被资源拥有者掌握的。很多年轻人觉得，我再有才华也没有用，手里没有资源，我怎么能有机会呢？

但是从两百多年前的狄德罗的故事里，我们可以看到，年轻人手里其实有3个重要的资源：

第一，年轻，有的是时间，可以干其他人干不动的苦活儿、累活儿、长期性的活儿。这点好理解。

第二个资源不太好理解，但更宝贵。年轻人有开创新赛道的可能，当别人已经有了自己的专业、志趣和方向的时候，原先的赛道上的存量就会绑架他，减小他切换赛道的可能性，削弱他在新赛道上跟一个年轻人竞争长跑的意志。比如，达朗贝尔中途放弃，是因为学术研究更诱惑他。年轻人只要找到了新赛道，实际上是有极大的隐性优势的。

第三个资源更加隐秘，也更加重要。年轻人通常很穷，但正是因为穷，就更容易接收到市场传来的信号。功成名就的人，一点点小钱对他们来说已经不算什么，他们因此而无法看到，这可能是一个重大的新时代发来的信号。他们更没有办法被这点小钱激励着往这条道路的深处进发。为什么每个时代的最新机会，往往都属于那些年富力强的年轻一辈，而不是功成名就者，原因就在这里。

想转行，怎样应对变数

林 彤

你是否动过转行的念头？

转行本身充满了变数：新技术不断涌现、职业的边界与内涵不断被重构和改写。那么，在转行之路上，我们需要注意什么？我总结为3点：优势出发、扩张地盘、时空变量。

什么是"优势出发"？任何人，在任何时候，都已有所积累。这些积累，正是你转行的启动资本。

转行的第二个要点，是"扩张地盘"。所有职业发展问题，实质上都是占地盘的问题。什么是地盘？是技能、作品和人脉。所以，所谓转行，就是从旧地盘发展出新地盘。假设转行前的位置是一个点，而转行的目标是另一个点，那转行的过程其实就是不断扩大原点的地盘边界，直至触碰到目标点地盘边界的过程。

请注意，当我这样描述的时候，背后带着这样的隐喻：转行并不是一条从A点到B点的路径迁移。其实，转行是一个通过增加自己体量，不断靠近目标点的过程。

也就是说，转行的初始目标，一定是泛化的、边界模糊的，而非明确的点（例如某个岗位）。在当今社会，我们的工作技能越来越难用某个具体的岗位去定义。新的岗位层出不穷，20年前，你能预判到如今有互联网产品经理这个岗位吗？显然不能。

那么，当目标方向尚不明朗时，我们如何保证行动始终没有偏离大方向呢？这里的关键技巧是设立"临时目标"，即"里程碑事件"。例如，第一个里程碑是与团队合作完成一项专利，第二个里程碑是自己独立完成一项专利申请。随着里程碑的增加，你的地盘会逐渐扩大。在此过程中，你的里程碑应从一开始的更靠近当下的行业，过渡到越来越靠近目标地盘。

转行的第三个要点，是"时空变量"，即转行成功的关键参数是时间变量、空间变量和X变量。

时间变量：如何以最快的速度向前移动？这要结合你的性格特点。例如，如果你性格外向、表达能力强、专注度较弱，那么向人学习就比自己闷头学习要高效。

空间变量：目标领域里最优秀的人才，在地理（城市、高校等）和网络（社群）上主要聚集在哪里？如果当前的聚集点并不明确，那是否可以先在可能的地方进行观察，或者想办法链接到关键人际节点？

X变量：在工作之外，如何对生活方式做一些小调整，为转行增加一个"乘数"？例如，空间优化——小到给自己买一束花，大到搬至一个绿化好、阳光佳的小区。这些改变如同安插在转行过程中的X变量，日复一日地滋养着你的身心，在潜移默化中让你的行动更持久、输出更连贯。

总的来说，转行并不容易。一个大的原则是，把转行当作一个渐次递进的持久过程，而不是一个一蹴而就的过程。在转行的过程中，一定会有很多不如意的时刻，只要你始终在行动、在输出，那你终会逃离原来的束缚，迎来全新的改变。